OLIVIER ADAM

Né en 1974, Olivier Adam vit actuellement à Paris. Son premier roman, *Je vais bien, ne t'en fais pas* (Le Dilettante, 2000), a été adapté pour le cinéma par Philippe Lioret avec Mélanie Laurent. Olivier Adam a participé à l'écriture du scénario et le film a obtenu deux césars en 2007. Ce premier livre ouvre un diptyque sur le thème de la disparition, qui se poursuit avec *À l'Ouest* (Éditions de l'Olivier, 2001). Également scénariste (notamment *Welcome*, avec Vincent Lindon) et auteur pour la jeunesse, Olivier Adam a ensuite écrit *Poids léger* (Éditions de l'Olivier, 2002), adapté au cinéma par Jean-Pierre Améris, *Passer l'hiver* (Éditions de l'Olivier, 2004), qui a reçu le Goncourt de la Nouvelle, *Falaises* (Éditions de l'Olivier, 2005), *À l'abri de rien* (Éditions de l'Olivier, 2007), prix France Télévision, *Des vents contraires* (Éditions de l'Olivier, 2009), prix RTL-*LiRE* et adapté en 2011 par Jalil Jespert avec Benoît Magimel, *Le Cœur régulier* (Éditions de l'Olivier, 2010), adapté par Vanja D'Alcantara avec Isabelle Carré, *Les Lisières* (Flammarion, 2012), *Peine perdue* (Flammarion, 2014), *La Renverse* (Flammarion, 2016), *Chanson de la ville silencieuse* (Flammarion, 2018) et *Une partie de badminton* (Flammarion, 2019).
La Tête sous l'eau a paru en 2018 chez Robert Laffont, dans la collection « R ».

LA TÊTE SOUS L'EAU

DU MÊME AUTEUR
CHEZ POCKET

JE VAIS BIEN, NE T'EN FAIS PAS
À L'OUEST
LA TÊTE SOUS L'EAU

OLIVIER ADAM

LA TÊTE SOUS L'EAU

Pocket, une marque d'Univers Poche,
est un éditeur qui s'engage pour la préservation
de l'environnement et qui utilise du papier fabriqué
à partir de bois provenant de forêts gérées
de manière responsable.

Le Code de la propriété intellectuelle n'autorisant, aux termes de l'article L. 122-5, 2° et 3° a, d'une part, que les « copies ou reproductions strictement réservées à l'usage privé du copiste et non destinées à une utilisation collective » et, d'autre part, que les analyses et les courtes citations dans un but d'exemple et d'illustration, « toute représentation ou reproduction intégrale ou partielle faite sans le consentement de l'auteur ou de ses ayants droit ou ayants cause est illicite » (art. L. 122-4).
Cette représentation ou reproduction, par quelque procédé que ce soit, constituerait donc une contrefaçon, sanctionnée par les articles L. 335-2 et suivants du Code de la propriété intellectuelle.

© Éditions Robert Laffont, S.A.S., Paris, 2018

ISBN : 978-2-266-29620-5
Dépôt légal : janvier 2020

I
Les grandes marées

Voilà. Je suis dans ma nouvelle chambre. Ma nouvelle maison. Loin de toi. Dehors il fait beau. La plage est bondée. Tout le monde a l'air heureux. La mer est belle. Qu'est-ce que j'en ai à foutre ?

Je suis désolée. Je sais que j'ai foiré nos adieux (« nos au revoir », me corrigerais-tu). Que je me suis comportée comme une merde. Que ce n'est pas à toi que je devais m'en prendre. Mais à mes parents et à eux seuls. Je leur en veux, tu sais. À mort. J'ai décidé de leur tirer la gueule jusqu'à la fin de mes jours. Mais qu'est-ce que ça change ? Ça ne fait pas une semaine que je suis ici et tu me manques.

Je sais ce que tu vas me dire. Que pour le moment c'est exactement comme si j'étais partie en vacances. On est en juillet. Je suis en Bretagne. Toi en Espagne. Rien d'anormal. Mais après ? Tu vas rentrer à Paris. L'été va passer. Tu vas retourner à Racine. Reprendre le théâtre. Et moi je serai toujours ici. Je ne sais pas comment je vais tenir. Je déteste déjà ce lycée de merde. Et tous ceux qui s'y trouveront et qui ne seront pas toi.

J'ai tellement peur que tu m'oublies. Que tu m'effaces peu à peu. J'ai tellement peur que notre histoire finisse comme ça. Alors qu'on n'en était qu'aux débuts.

*Nous n'avions pas fini de nous parler d'amour.
Nous n'avions pas fini de fumer nos Gitanes.*

Tu sais, c'est ce poème de Genet. « Sur mon cou... » Tes parents adoreraient. (Ah ah ah...)

*Je voudrais sentir ton odeur. Caresser tes cheveux. Prendre ta main dans la mienne. Je voudrais que tu m'embrasses. Partout.
Dis-moi que tu vas venir cet été. Je vais parler à mes parents. Je suis sûre qu'ils seront d'accord.
Je t'aime.
Léa*

J'adresse un signe de tête à Bastien et je descends. Le bus poursuit sa route le long de la côte. Je le regarde s'éloigner un instant. Il n'y a plus que lui à l'intérieur. Au lycée, ils ne sont qu'une poignée à vivre à Saint-Briac, la ville d'à côté, terminus de la ligne. Enfin, ville... il faut le dire vite. Juste une station balnéaire, avec ses maisons et ses villas regroupées en retrait des plages, la plupart vides en morte-saison, soit neuf mois sur douze. Dans ma classe, Bastien est le seul. Et nous ne sommes pas très nombreux non plus à habiter ici, à Saint-Lunaire. Un village à peine plus grand et lui aussi dédié aux vacances ou à la retraite. Je dépasse la vieille église romane, les courts de tennis en terre battue, cernés de roses trémières en été. Puis je prends la rue de la plage, bordée de restaurants qui n'ouvrent qu'aux beaux jours. Le Grand Hôtel cache la mer par endroits. J'aperçois mon père, attablé à la terrasse du petit bar de plage. Dès que le soleil perce il s'installe là pour travailler. C'est un peu son bureau, ouvert sur le ciel et l'horizon. Sinon il bosse à la maison. Dans sa chambre ou dans le salon. Rarement dans le jardin, ou ce qui en fait office : un petit carré de pelouse entouré de palissades. Juste assez pour planter une table, quatre chaises et deux ou trois transats.

Mon père est plus ou moins journaliste. Il écrit dans *L'Émeraude*, l'hebdo local.

— Une chance, une opportunité incroyable…

Voilà ce qu'il nous a sorti quand il a trouvé ce job, il y a bientôt deux ans. Il en avait marre de Paris. Ma mère aussi il paraît. Même si je ne l'avais jamais entendue s'en plaindre jusque-là. De la vie en général, peut-être. De la vie avec mon père, sans doute. Mais de la vie à Paris, non.

— Vous vous rendez compte de la chance que vous allez avoir ? Vivre à la mer toute l'année ! nous répétaient les parents.

Ils étaient en boucle. Comme s'ils voulaient s'en convaincre eux-mêmes. À les entendre, c'était leur rêve depuis toujours. Et tant pis s'ils ne nous en avaient jamais parlé avant. Sérieusement en tout cas. Sinon en regardant les annonces aux devantures des agences immobilières l'été, quand nous passions nos vacances dans le coin. Des rêveries sans conséquence, qui ne faisaient de mal à personne.

Quelques semaines plus tard nous avons déménagé. Ils avaient trouvé une petite maison tout près de la plage. Ma sœur était furieuse. Selon elle, ce bled c'était génial l'été, mais y vivre à l'année ça semblait proche de l'enfer. En dehors des congés, il n'y avait plus personne à part des vieux et des touristes allemands égarés, qui avaient l'air de se foutre de la pluie et du vent qui vous griffaient en permanence. Il n'y avait rien à faire si on n'était pas surfeur ou voileux. Ou du genre à se balader des heures sur les falaises en observant la flore et les oiseaux. Mais ça, à moins d'avoir plus de quarante ans, personne n'en voyait l'intérêt. En tout cas pas Léa. Pour couronner le tout, le lycée était à une demi-heure en bus, il fallait passer Dinard puis traverser le barrage qui enjambait le bras de mer pour échouer dans un quartier pavillonnaire tout à fait mort de Saint-Malo, loin de la ville fortifiée, des remparts et des plages. Elle avait laissé à Paris tous ses amis, peut-être même son mec, si elle en avait un. Sans compter sa petite vie, qu'elle aimait par-dessus tout. Son lycée. Les cafés, les cinés, les concerts, ses librairies préférées, ses boutiques favorites. Bref, Léa était furieuse et aussi longtemps qu'elle a été parmi nous elle n'a pas cessé de tirer la gueule, ses écouteurs dans les oreilles en permanence, de parler aux parents comme à des chiens, de s'enfermer dans sa chambre et de passer son temps rivée à son portable et à ses anciennes copines via WhatsApp. À l'entendre, les parents avaient gâché sa vie.

Mon père ne m'a pas vu, trop occupé à taper son article, un truc passionnant sans doute. Style un gamin s'est fait renverser en sortant de l'école. Ou bien un papier palpitant sur l'ouverture d'une boutique de souvenirs boulevard de la Plage. À moins que ce soit le compte rendu d'une séance particulièrement houleuse du conseil municipal. Ce genre de choses. Au mieux, ça arrive parfois, un entretien avec tel ou tel chanteur ou actrice à l'occasion de leur passage à Saint-Malo. Cela dit, à Paris ce n'était pas mieux, il bossait pour le journal du 18e arrondissement, ces trucs produits par la mairie qu'on trouve en pile dans le hall des immeubles, et que personne ne prend jamais la peine de rapporter chez soi.

Je file à la maison, pose mon sac dans ma chambre, me déshabille pour enfiler ma combinaison. Je ressors mon surf sous le bras, soulagé de ne pas avoir à croiser mon père, bénissant le soleil qui l'a poussé à sortir travailler au bord de l'eau. Je me remets à peine d'une bronchite XXL. Ma mère lui a fait promettre de m'empêcher d'aller à la flotte, au moins pour quelques jours. Sans compter que j'ai trois contrôles communs qui se profilent. Et que je n'ai pas encore ouvert le moindre classeur ni le moindre livre.

Je marche en direction de la deuxième plage, la plus grande, séparée de la première par une pointe de granit de vingt mètres de haut qui s'enfonce loin dans la mer. Celle où mon père travaille, ou fait mine de le faire, est plutôt réservée aux familles. Abritée des vents dominants, dotée d'une paillote où l'on peut siroter des bières les pieds dans le sable blanc et de cabines de bois rayées de rouge, elle semble sortir tout droit d'une carte postale. L'autre, celle vers laquelle je cours, est plutôt fréquentée par les jeunes, les touristes du camping voisin, et les surfeurs. Une promenade de bitume la surplombe, bordée d'un côté de petites dunes piquées d'oyats et de l'autre de gradins en ciment qui descendent jusqu'au sable.

J'arrive essoufflé à son extrémité, là où les vagues sont les meilleures. Ça fait longtemps que je n'ai pas eu de crise mais l'asthme est toujours là, tapi, qui rôde, menace, sans jamais vraiment se déclarer. Dans l'eau, une dizaine de pingouins attendent la houle allongés sur leurs planches. Mais rien ne bouge. La mer est calme, traversée de grandes ondulations qui ne se forment jamais, ni ne se cassent, même en s'échouant sur le rivage. Je scrute les flots en me demandant si elle est là aujourd'hui, parmi ces dingues qui se foutent à l'eau tout au long de l'année, quelle que soit la température. Ça fait sourire mes parents. Même s'il y a longtemps que plus grand-chose n'est en mesure de produire un tel miracle. Même si depuis plusieurs mois nous errons hagards, le cœur arraché. Ils s'étonnent de ma soudaine passion pour le surf, de ma résistance à l'eau gelée, moi qui l'été, lorsque nous venions ici pour les vacances, grelottais de froid à la moindre baignade, rechignais toujours à plonger dans les vagues, me plaignais du vent permanent et des nuages qui même au 15 août venaient par instants masquer le soleil. Ils s'en inquiètent aussi. Trouvent que je me renferme sur moi-même, plus qu'avant encore si c'est seulement possible, que je suis trop solitaire, mutique. Selon eux ces longues heures que je passe au milieu de l'eau ne sont pas pour arranger les choses. Plus qu'un traitement, ils y voient un symptôme. Une fuite. Une façon très littérale de noyer mon chagrin. De me laver le cerveau à l'eau de mer. Ils n'ont peut-être pas tort. Mais pour ma part, je ne me livre pas à ce genre d'analyse. Les choses se sont produites malgré moi, sans que j'y réfléchisse vraiment. L'été dernier, après la disparition de Léa, ils m'ont inscrit à un stage. Ils pensaient que ça me ferait du bien, que ça m'offrirait quelques heures de répit et d'apaisement au milieu de ces journées hallucinées, traversées de douleur et d'effroi. Dans la foulée, je me suis acheté une planche et c'est devenu une drogue. Chaque matin je me lève en pensant au moment où, sorti du lycée, je pourrai enfiler ma combinaison et me faire malmener par la Manche.

Je finis par la repérer. Elle sort de l'eau et se dirige vers les gradins en ciment. Pour gagner un peu de temps, je fais mine de m'activer sur ma planche, de réajuster ma combinaison. Chloé presse le pas. Elle se précipite sur son sac pour en extraire une serviette. Elle commence par se sécher les cheveux, puis ôte sa combinaison pour s'y enrouler. Dans l'intervalle, je vois apparaître des bouts de sa peau, à peine camouflés par le tissu trempé du maillot de bain. Ce n'est pas la première fois que ça arrive. Pour tout dire, chaque fois que je la croise je guette cet instant. Je l'espère. Évidemment je me sens un peu coupable. Le genre tordu, un peu vicelard. Mais aucune fille ne me fait autant d'effet. Elle est en terminale. Comme devrait l'être Léa. Elles étaient dans la même classe l'an dernier. Obscurément je crois que ça joue dans l'attirance que je ressens pour elle. Je sais que, dit comme ça, ça peut sembler bizarre. Mais là aussi je préfère ne pas analyser. Je me laisse envahir par ces sentiments contradictoires. Mon cœur qui s'affole comme un chien stupide dès qu'elle est dans les parages. Et l'ombre permanente de Léa entre nous.

Elle s'aperçoit enfin de ma présence, me salue de la tête. On s'est déjà croisés de loin aujourd'hui au lycée mais là-bas, je ne sais pas pourquoi, elle se comporte comme si on ne se connaissait pas, et je me contente de l'observer à la dérobée. Dans un sourire elle me demande comment je vais, puis se plaint de l'état de la mer, et de la fiabilité merdique des prévisions glanées sur les sites spécialisés. Je cache comme je peux mon érection avec ma planche, réponds en bafouillant que je vais voir ça, que ça finira peut-être par venir et la laisse enfiler tranquillement ses vêtements. Je marche vers la mer. Le soleil vient de faire son apparition. Au milieu des gros nuages anthracite, il repeint tout en grands lambeaux émeraude ou turquoise. Mon père serait capable de parler pendant des heures de ce genre de phénomène, des changements brutaux du paysage au gré des marées, des nuages et du vent. Les eaux retirées et le sable comme un miroir. Les récifs dégoulinants laissés à nu. Le fracas des vagues contre la digue quand tout remonte. Ces derniers temps il n'y a plus que ça qui retient son attention. La dernière chose à laquelle il s'accroche. Surtout depuis que ma mère a fait ses valises, pris un appartement, parce que, je cite, « la vie était devenue impossible à la maison ». Elle lui reprochait tellement de choses. Son défaitisme, son mutisme, sa façon de se noyer dans ce boulot débile, et dans l'alcool le soir venu. Qu'il n'aille plus au groupe de parole, qu'il hausse les épaules quand elle lui demandait de l'accompagner au commissariat pour harceler l'inspecteur en charge de l'affaire, ou de l'aider à imprimer des avis de recherche et à les coller encore et encore sur les poteaux et les vitrines des boutiques, ou même de relancer des journalistes, ses « copains » comme elle les surnommait, pour qu'ils refassent un article afin qu'on n'oublie pas Léa, que quelqu'un la reconnaisse quelque part et témoigne. Qu'on la retrouve enfin et qu'on nous la ramène.

Qu'après son départ de la maison elle se soit mise à fréquenter Alain, l'agent immobilier qui nous a trouvé la baraque quand nous avons emménagé ici, n'a pas arrangé les choses. Je crois que mon père ça l'a achevé. Rendu dingue. Pas qu'elle le largue et refasse sa vie, mais qu'elle le fasse à ce moment précis et de manière aussi rapide. Qu'elle trouve cette énergie, cet élan, alors que sa fille avait disparu, qu'on crevait de peur depuis des mois, que son absence recouvrait tout, la moindre seconde, le moindre millimètre de nos cerveaux réduits en charpie.

— Après toutes ces putains de leçons qu'elle m'a données, disait mon père. Tous ces sermons à la con qu'elle m'a infligés sur mon attitude depuis la disparition de ta sœur. Ma prétendue « acceptation du pire ». Mon cul. Quelle salope, quand même.

À l'époque, ma mère m'a annoncé sa liaison avec précaution. J'ai bien vu qu'elle s'en voulait. Qu'elle culpabilisait d'avoir quitté la maison, de m'avoir infligé ça à moi qui morflais déjà suffisamment. Je tentais de ne rien montrer, d'avoir l'air de tenir le choc, mais elle savait qu'au fond de moi j'étais en miettes. Elle était ma mère, après tout. Elle lisait en moi comme dans un livre. Du moins c'est ce qu'elle aimait croire et dire. Elle savait que tout ça était difficile à vivre et à comprendre. Comprendre qu'elle ait eu besoin de prendre du recul, même si c'était pour s'installer au bout de la rue. Même si certains soirs elle dînait avec nous. Même si je partageais mon temps entre son appartement et la maison. Mais plus encore : comprendre qu'elle ait pu rencontrer quelqu'un, et commencer une histoire avec lui. Et même qu'elle puisse envisager que ce soit assez sérieux pour vouloir me le présenter.

Ça a eu lieu il y a quelques semaines. Nous nous sommes retrouvés à la crêperie perchée sur la pointe. De là-bas, la vue est dingue. La baie entière se déploie, de Cancale au cap Fréhel. Et on dira ce qu'on voudra : c'est beau. Je n'ai pas ouvert la bouche du repas, me suis contenté d'être poli. Alain n'a rien de spécial. Un gars ordinaire qui aime bien faire des blagues. Le genre équilibré. Pas exactement le portrait de mon père, qui n'a pas eu besoin que sa fille disparaisse pour être torturé, cyclothymique, trop boire et trop fumer, et s'engueuler avec à peu près tout le monde à longueur d'année. Depuis, il m'est arrivé quelquefois d'aller dîner chez Alain, avec ma mère, en présence de ses filles dont il a la garde un week-end sur deux et la moitié des vacances. Ils tenaient absolument à ce qu'on fasse connaissance. Mais je ne suis pas dupe. Je vois bien que quelque chose se trame. Que tout ça est déjà devenu très sérieux. Et aussi que ma mère passe plus de temps chez lui qu'elle ne veut bien le dire. Ils ne vivent pas encore ensemble mais ça se profile à une vitesse qui me sidère et écœurerait encore un peu plus mon père s'il savait. D'ailleurs, à la fin du plus récent de ces repas, ils ont évoqué l'idée de partir pour quelques jours, tous ensemble. Les filles ont grimacé. Un quart d'heure avant, à travers la porte de leur chambre, je les avais entendues parler de ma mère. Elles la détestent, « cette pute ».

Les vagues ne sont jamais venues. Trois ou quatre fois, je suis quand même monté sur mon surf mais pour pas grand-chose. Le reste du temps je me suis contenté de rester allongé sur ma planche ou de me laisser porter par cette houle lente et régulière, comme filmée au ralenti. Le tangage me berçait doucement, je me diluais dans l'immensité liquide, elle entrait dans mon cerveau et le remplissait, ne laissant la place à rien d'autre, aucune pensée, à peine par instants la silhouette de Chloé et les bouts de sa peau qui me rendaient dingue, mais ça se limitait à des flashs, ça disparaissait en un clin d'œil.

Pour ce que j'en sais, Chloé n'était pas à proprement parler une amie de Léa. Ma sœur a toujours prétendu qu'elle n'en avait pas ici, et qu'elle n'en aurait jamais, qu'il n'y avait au lycée que des nazes au QI de moules qui ne s'intéressaient à rien à part à leurs conneries sur YouTube. À l'entendre, ils écoutaient tous de la musique de merde, ne lisaient jamais un livre, n'allaient au cinéma que pour se gaver de blockbusters et de pop-corn, n'avaient pas le début d'une once de conscience politique, bref elle n'avait rien à foutre avec eux. Maintenant que j'y suis, je ne peux pas tout à fait lui donner tort, mais disons qu'elle exagérait quand même un peu à l'époque. Quoi qu'il en soit, Chloé et Léa ont fini par sympathiser. Ça n'est sans doute jamais allé très loin mais elles étaient dans la même classe, et c'étaient les seules à vivre à Saint-Lunaire. À force, partager les trajets de bus d'un bout à l'autre de la ligne, matin et soir, ça crée des liens. J'en sais quelque chose. Bastien est pour moi ce qui se rapproche le plus d'un ami, même si on ne s'adresse la parole qu'installés au fond du bus et encore, une fois le gros des troupes descendu. N'empêche que quand Léa a disparu l'année dernière, Chloé m'a semblé vraiment secouée. Elle est venue me voir sur la plage dans les jours qui ont suivi pour me dire qu'elle était désolée et compatissait à notre douleur. Ça m'a touché à l'époque. Que quelqu'un vienne me parler aussi directement, sans éviter le sujet ni tourner autour du pot. Ça m'a changé du collège, où tous les profs s'adressaient à moi comme à un genre de grand malade, avec cette tronche désolée artificielle que tiraient aussi les voisins et les commerçants. Quant à mes camarades de classe, s'ils parlaient sans doute dans mon dos, ils s'étaient mis à m'éviter consciencieusement. Ça n'a pas varié depuis. Au lycée aussi tout le monde me regarde en biais. Et à part Bastien, personne ne m'adresse la parole. Comme si le malheur pouvait être contagieux ou je sais pas quoi. Mais je crois que je m'en fous. C'est même tant mieux en un sens.

La nuit commence à tomber. Je jette un regard vers la plage et j'aperçois ce bouffon d'Alain qui promène son chien. Au moins ma mère n'est pas avec lui. Ça m'est déjà arrivé tellement de fois de les rencontrer par hasard, se baladant main dans la main. Ce n'est pas que ça me mette mal à l'aise. Simplement quand ça se produit je ne peux pas m'empêcher de penser à mon père et de me dire que merde, ils pourraient quand même éviter ça. C'est un village ici, tout le monde se croise à longueur de journée, dans les rues, sur la plage, le long du sentier douanier, mon père pourrait tomber sur eux et je ne préfère pas imaginer ce qui se passerait dans sa tête. Comment son ventre se tordrait de rage. Comme ça vrillerait sous son crâne. Mais c'est sûrement déjà arrivé. Je m'inquiète pour rien.

Je pense à ça et c'est à cet instant précis qu'il apparaît. Mon père, marchant dans ma direction. Et celle d'Alain au passage. Mais c'est à moi qu'il fait signe. Il vient me rappeler à l'ordre. Je n'ai pas vu l'heure passer. Il a dû rentrer à la maison, trouver mon sac dans ma chambre et plus de surf sous la verrière. Je sors de l'eau en vitesse, cours vers les gradins en surveillant mon père et Alain du regard. Ils vont finir par se croiser, ces cons. Cinq, quatre, trois, deux, un. Impact. J'arrive à mon sac au moment même où ils se serrent la main, comme deux types civilisés. Je les vois papoter un moment pendant que je me sèche les cheveux. De quoi peuvent-ils bien parler ? De ma mère ? Du temps qu'il fait ? Des nouvelles du coin, dont mon père est l'un des principaux fournisseurs ? Je me change et les rejoins. Je salue poliment Alain et ce crétin me passe la main dans les cheveux pour les ébouriffer en me lançant un truc du genre : « Alors toujours dans l'eau ? À force tu vas te transformer en poisson ! » J'encaisse sans moufter. De son côté mon père maugrée dans sa barbe :

— Il va surtout se payer une autre bronchite. J'ai promis à sa mère qu'il resterait bien sagement à la maison pour réviser.

Alain fait mine de se coudre la bouche avec un air complice. Je vois bien que mon père, ça le tue, que ça le cloue sur place de lui sourire, de jouer au gars pas rancunier qui fait des cachotteries à son ex-femme avec l'assentiment de son nouveau mec. Il lui dit au revoir et on prend le chemin de la maison.

— Quel trouduc, lâche mon père. J'ai jamais pu saquer les agents immobiliers.

Notre maison ressemble plus à une location d'été qu'à un endroit où une famille vit à l'année. Il faut dire que le déménagement s'est fait dans l'urgence. Mon père avait eu vent d'un poste libre dans le journal du coin au printemps. Ma mère a aussitôt demandé sa mutation. Il a fait jouer ses relations, des élus de la mairie de Paris qu'il rencontrait pour son boulot, et les choses ont été bouclées fissa. Bon, maman n'a pas eu de poste dans un lycée du coin comme elle l'espérait, elle allait échouer dans un bahut en banlieue de Rennes, ça lui demanderait une grosse heure de trajet le matin et autant le soir dans le meilleur des cas, à condition qu'il n'y ait pas trop d'embouteillages sur la rocade, et que le barrage ne soit pas levé. Elle qui détestait conduire, elle allait être servie... Mais tout ne pouvait pas être parfait dans ce monde. En attendant, dans les mois qui ont suivi, les parents ont fait des tas d'allers-retours pour trouver notre futur logement. Il nous est arrivé deux ou trois fois de les accompagner, pour un week-end à la mer. On restait sur la plage, Léa et moi, à bouquiner pendant qu'ils visitaient des maisons. Ils ont fini par louer cette petite baraque étroite sur trois niveaux, dotée d'un jardin minuscule, qui ressemblait trait pour trait à celles qu'on squattait chaque été pour les vacances. Ma mère avait l'air déçue. Elle attendait sans doute mieux. Mais mon père a fini par l'amadouer en lui répétant qu'on allait être très bien dans cette maison, qu'elle était facile d'entretien, et bien placée : de leur chambre au deuxième étage, en se contorsionnant, ils pouvaient même apercevoir la mer. Elle avait aussi l'avantage de ne pas être trop chère, on pourrait se payer la belle vie, on allait être heureux tous les quatre, il nous le promettait. La belle vie, tu parles… Bien sûr rien ne s'est passé comme prévu.

Tout n'a pourtant pas si mal commencé. Mon père a immédiatement adoré sa nouvelle vie. Arpenter la baie de long en large pour rencontrer toutes sortes de gens. Écrire ses articles les pieds dans le sable au petit bar de plage. Il parlait même de se remettre, enfin, à la littérature – j'entends ce refrain depuis que je suis né ou presque : il a publié il y a plus de dix ans un roman qui a été bien accueilli par la critique, et puis plus rien, le grand trou noir, la panne d'inspiration. Au fil des années il a commencé des dizaines de textes qui ont tous fini à la poubelle et ça a longtemps fait partie des choses qui semblaient le ronger et le laissaient aux portes de la dépression une année sur deux. Quand il n'y sombrait pas tout à fait. On en était à combien déjà ? plaisantait parfois maman. La cinquième ? Dépression N° 5, by Paul, Paris. Bref, il renaissait.

Ma mère elle aussi au début y a trouvé son compte. Ses nouveaux élèves lui paraissaient anormalement amorphes et sages, rien ne semblait en mesure de pouvoir les intéresser, mais ça la reposait de la Seine-Saint-Denis.

— Au moins ils ne se battent pas pendant les cours. Et je ne passe pas la moitié du temps à essayer de les calmer.

Je crois qu'elle culpabilisait quand même un peu d'avoir abandonné ce qu'elle considérait comme une mission, pour céder à un certain confort. Une semi-retraite. Mais il y avait la vie ici, que tous ses collègues lui enviaient, en dépit des trajets quotidiens qu'elle se tapait. La mer au bout de la rue. Les plages et les sentiers. Et toute la côte qu'elle ne se lassait pas d'explorer. Un émerveillement permanent. Elle comme mon père semblaient hypnotisés, emportés par tant de beauté. Ils nous en rebattaient les oreilles, essayaient de nous traîner avec eux dans leurs virées du week-end, désespéraient de nous voir tirer la gueule.

— Mais profitez, bordel ! Profitez de la chance que vous avez !

— Quelle chance ? leur demandait Léa. Vivre dans un trou ? Ne plus pouvoir me déplacer sans devoir vous demander de me conduire ici ou là ? Passer mes journées dans ce lycée pourri au milieu de rien à une demi-heure de bus ? Ne plus voir mes amis ? Quelle chance, hein… Merci merci, merci mes parents adorés. Putain…

Mon père et ma mère encaissaient en se disant que ça lui passerait. Qu'elle finirait par s'y habituer. L'encourageaient à se faire de nouveaux amis, il devait bien y avoir dans ce lycée quelques personnes avec qui elle pourrait se lier.

— Mes amis, ils sont à Paris, répondait-elle. Ils sont parfaits et je n'en ai pas besoin de nouveaux.

Et puis vous m'emmerdez avec vos falaises, vos plages, vos grandes marées, la couleur de l'eau et du ciel, les oiseaux et l'horizon. OK c'est beau. Mais ça va. Au bout d'un moment on a compris. C'est pour ça que les gens normaux n'y passent que leurs vacances.

Je voyais bien que mes parents étaient déçus et ça me faisait même un peu de peine pour eux. En même temps, je comprenais Léa. Contrairement à moi elle était parfaitement intégrée à Paris. Elle adorait la vie qu'elle y menait. Et ils ne lui avaient pas vraiment demandé son avis avant de lui en imposer une autre. Chaque jour elle rentrait du lycée dégoûtée et passait le plus clair de son temps dans sa chambre. Quant à moi je n'avais pas vraiment d'opinion. J'allais entrer en troisième et changer de collège n'était pas pour me déplaire. Je nourrissais le fantasme de tout reprendre à zéro. Et puis j'avais toujours bien aimé Saint-Lunaire, même si on s'y caillait un peu trop à mon goût. Mais ce que je voyais surtout, c'est que les parents avaient l'air heureux, qu'ils ne s'engueulaient plus comme avant. Ils m'emmerdaient toujours un peu parce que je passais trop de temps devant ma PlayStation, ou sur le canapé à lire, ou à regarder des séries glauques à la télé, mais c'était déjà le cas à Paris. Ils en rigolaient à l'époque, de mon côté casanier. Mais ici ça passait moins. Ils trouvaient que c'était du gâchis.

À l'arrivée, oui, tout allait à peu près bien. À part le truc banal des gosses qui font la gueule à leurs parents après un déménagement forcé. Du père qui trouve que ses enfants ne sortent pas assez, manquent d'enthousiasme, « ne s'ouvrent pas à la beauté qui les environne ». Les clashs entre la mère et la fille parce que la seconde parle mal à la première, l'envoie chier, et la bassine à longueur de temps avec les prochaines vacances, qu'elle veut passer à Paris. Les cris quand les parents, pour une raison ou une autre, lui annoncent que finalement ce ne sera pas possible cette fois encore mais la fois d'après, promis. Les crises quand Léa leur lance : « Alors j'ai qu'à y aller toute seule, je logerai chez une copine » et qu'ils refusent. Leur inquiétude de voir leur fils toujours aussi solitaire, incapable de s'insérer dans un groupe, de se faire des amis. Avec ses jeux vidéo et ses goûts bizarres pour les romans torturés, les mangas hardcore, les chanteurs dépressifs. L'archétype du *No life*. Tant et si bien qu'ils se demandent s'ils ne doivent pas l'envoyer consulter un psy. Rien de très original. Pas de drame majeur. Et franchement, avec le recul, je donnerais cher pour que tout ait continué comme ça.

Mon père prépare le dîner pendant que je fais semblant de réviser. Mon nez coule et j'ai mal à la gorge. Il m'appelle pour manger. Je sors de ma chambre, descends l'escalier et m'attable en face de lui. J'essaie de ne pas renifler, ni de trop grimacer au moment de déglutir. Mais de toute façon il ne remarque rien. Il est un peu absent, comme toujours. Je crois qu'il rumine sa rencontre avec Alain. Et qu'il s'en veut de ne pas lui coller son poing dans la gueule à chaque fois qu'il en a l'occasion. Je lui demande si ça va même si, depuis la disparition de Léa, cette question n'a plus le moindre sens. On crève tous la bouche ouverte. Et j'ai vécu des pures scènes d'horreur. J'ai vu mes parents dans des états de douleur, de détresse, de chagrin et de peur indescriptibles. Je les ai vus hurler, pleurer, se cogner la tête contre les murs, devenir complètement hystériques ou au contraire tout à fait amorphes. Je les ai vus se ronger les ongles jusqu'au sang. Je les ai vus détruits. En pièces. Se débattant et étouffant comme des bêtes éventrées vives. Et je me suis vu pareil, même si tout est toujours resté retenu à l'intérieur, même si depuis ce jour je suis comme sorti de mon propre corps, ou complètement carbonisé. Mes parents ne trouvent pas ça normal. Que j'extériorise si peu. Que je me contente d'être un genre de zombie, comme shooté en permanence. Mais, « normal », je ne vois pas ce qui peut l'être vu ce qu'est devenue notre vie.

Mon père sursaute, comme si je le tirais d'un rêve, et il se met à me raconter sa journée, histoire de remplir le silence. D'abord il est tombé nez à nez avec le maire de Saint-Malo qui l'a copieusement engueulé à cause d'un de ses articles. Une histoire de complexe hôtelier qui doit bientôt sortir des sables, à flanc de falaise, alors que le littoral est protégé. Depuis la parution du papier une pétition circule un peu partout et on frise déjà les vingt mille signatures. Après quoi il est parti interviewer un chanteur has been, membre d'un célèbre jury d'émission télé. Le genre de type à ne pas pouvoir faire trois pas dans la rue sans qu'on lui demande un autographe, ou qu'on lui dise à quel point on le trouve sympa, mais dont personne n'écoute les albums ni ne songe même à assister aux concerts. Mon père l'a interrogé sur ce paradoxe et le mec a pris la mouche, incriminé la crise de l'industrie du disque avant que son attachée de presse, visiblement furax, ne mette un terme à l'entretien.

Je fais mine de rire pour montrer à mon père que ses histoires m'intéressent. Je ne veux pas lui faire de peine. Il attrape l'iPad pour me faire voir à quoi ça ressemble même si j'en ai rien à foutre. On tombe sur un extrait de concert et tout ce qu'on peut en conclure, c'est que ce gars a besoin d'un traitement pour la gorge. À l'occasion, on pourrait lui conseiller de se faire examiner les oreilles. Produire une musique aussi dégueu ne peut être que le fait d'un sourd et encore, il paraît que pour Beethoven ça n'a rien empêché du tout. Je dis ça à mon père et à son tour il esquisse un sourire. Après quoi il se lève pour débarrasser la table. Je lui propose mon aide pour le principe et comme toujours il refuse, alors je monte dans ma chambre en me disant que ça faisait longtemps qu'on n'avait pas partagé un aussi bon moment. Je ne plaisante pas. Je le pense vraiment. Depuis des mois, tout est tellement silencieux et prostré. La maison s'est vidée peu à peu. D'abord Léa et ça, il a fallu s'y résoudre d'une manière ou l'autre. S'accommoder à l'idée que même si nous étions détruits, morts à l'intérieur, la Terre ne s'était pas arrêtée de tourner pour autant, tout ne s'était pas effondré autour de nous. Que nous n'avions pas été immédiatement réduits en poussière et propulsés dans le noir infini de l'univers. Qu'il nous fallait continuer à respirer malgré tout. Nous nourrir. Nous lever le matin. Survivre. Jour après jour. Puis ma mère a pris un appartement et nous sommes restés seuls tous les deux, un père et son fils en tête à tête dans la maison remplie d'absence. Un père et son fils au milieu des cendres. Hébétés. Hagards. Presque des fantômes. Égarés dans les limbes.

Il pleut. Ça fait des jours qu'il pleut. Si tu savais comme c'est glauque ici. Mais c'est mieux comme ça. Au moins le temps et moi on s'accorde. « Il pleure dans mon cœur comme il pleut sur la ville... » Ce bon vieux Verlaine. Je sais. Tu l'as toujours trouvé trop sentimental. Et puis tu préfères Booba. Mais qu'est-ce que tu veux, je suis d'humeur à me plaindre. À me vautrer dans la tristesse. D'humeur à lire de la poésie en écoutant des chanteurs barbus qui grattent leurs guitares en bois.

Ça fait tellement de jours maintenant. Et je suis tellement en colère. Mes parents sont des cons. Des faux culs. Toujours à trouver des excuses bidon. D'abord ça a été l'installation. Il fallait « prendre nos marques ». Pas question d'inviter qui que ce soit. Et encore. Je ne leur ai même pas parlé de toi en particulier. J'ai juste dit : « Je pourrais faire venir quelqu'un ? » (Même si de ce côté-là je n'ai pas d'inquiétude. Tu sais que mes parents sont pas comme les tiens.) Et puis après ça a été le défilé. Les grands-parents. Mon oncle. Leurs amis. Une putain de maison d'hôtes, cette baraque.

Et tout le monde qui m'a seriné à longueur d'été que j'avais de la chance de vivre là à l'année désormais. Tu parles. Je voudrais bien les voir ici en ce moment. Les rues désertes. La mer grise comme le ciel. Les cafés fermés. Pas une boutique. Pas de ciné. Rien. À part le vent glacé et la pluie en permanence. Et ce lycée de merde. Au milieu de nulle part. Ma mère n'arrête pas de me demander si je me suis fait des amis. Elle peut toujours rêver. Je ne parle à personne. Je ne veux parler à personne à part à toi.

Je lui ai demandé si on pouvait aller à Paris pour les vacances de la Toussaint. Ou même à Noël. Apparemment c'est niet. Mon père n'a pas de congés vu que c'est sa première année au journal. Et elle ne veut pas partir sans lui. Je ne lui adresse plus la parole. Ça a l'air de la rendre triste. Tant mieux. Qu'elle en bave autant que moi et on verra...

Pourquoi tu demandes pas à tes parents si je peux venir ? Je suis sûre que les miens seront d'accord. Bon. Il faudra que je négocie un peu. Ma mère a toujours peur de tout. Je sais pas. À l'entendre Paris est une ville dangereuse. Et puis elle n'a jamais entendu parler de toi. N'a jamais croisé tes parents. Je sais déjà qu'elle va me saouler avec ce truc de me laisser chez des inconnus. Mais je suis sûre que je peux y arriver. Allez, demande-leur. S'il te plaît s'il te plaît s'il te plaît. Rien ne t'oblige à tout leur dire non plus. Et tant pis si on dort pas dans le même lit. Je sais bien que tu as peur de leur réaction. Mais tu peux juste parler de moi comme d'une vieille pote. Une copine du cours de théâtre. Chaque chose en son temps. On verra plus tard pour l'annonce du mariage... Je plaisante. Quoique. Je peux pas imaginer ma vie sans toi.

Même si c'est bien ce qui se passe en ce moment. Et ça ne ressemble à rien. Sans ta bouche, ton rire, tes yeux, tes mains, rien ne ressemble à rien. Sans tes mots à mon oreille, rien ne ressemble à rien. Et moi non plus je ne ressemble à rien. Tu me verrais. Ma gueule de déterrée. Ma gueule de tristesse.

Tu me manques. Et moi ? Je te manque ? Comment tu respires sans moi ? M'en veux pas mais j'espère que la réponse c'est : mal. J'espère que tu es au fond du trou. C'est dégueulasse, hein ? Si je t'aime, je devrais souhaiter ton bonheur. Mais ce que je veux, c'est le nôtre, de bonheur. Un bonheur à deux. Sinon autant crever.

Écris-moi. Je sais que tu trouves ça ringard. Qu'on se parle tous les jours sur Skype. Mais qu'est-ce que tu veux ? C'est mon côté old school. *Et je sais qu'au fond tu aimes bien ça, toi aussi. Plus tard on relira tous ces mails qu'on s'envoie. Et on chialera comme des Madeleine.*

Je t'embrasse comme tu aimes.
Léa

J'ouvre les yeux et me redresse en sursaut. Je regarde mon réveil, le truc clignote en indiquant une heure débile. Genre trois heures du matin alors qu'il fait jour. Je grimpe l'escalier, la chambre de mon père est vide. Son réveil à lui aussi affiche n'importe quoi. Les plombs ont dû sauter. Ou il y a eu une coupure d'électricité. Le vent a bien bastonné cette nuit. Les volets et les fenêtres, tout tremblait. Ça sifflait par la cheminée. On entendait la mer comme si on était dans son ventre. Pour un peu je ne serais pas étonné de trouver des paquets d'écume sur le sol du salon.

Je descends au rez-de-chaussée et trouve mon père endormi tout habillé sur le canapé, son ordinateur à portée de main. L'écran est noir. Il a encore dû passer la nuit à faire des recherches. À écumer le Web en quête d'un signe, d'une coïncidence, d'un indice. D'autres signalements de disparitions de mineurs. Des affaires de séquestration ou de fugue. Des corps retrouvés quelque part. Des délires d'adolescents qui dégénèrent, comme ce truc qui vient de Russie, d'où un « parrain » anonyme vous envoie des défis à relever. D'abord des tout petits genre sortir dans la nuit ou passer une lame sur la peau pour faire émerger un filet de sang. Puis ça se corse et ça finit par des épreuves complètement dingues, dont la dernière consiste à se suicider. On a déjà recensé plusieurs morts en France ces derniers mois. Des filles d'une quinzaine d'années. Le parrain les harponne sur les réseaux sociaux, les hypnotise à distance, puis les tient par la menace : « Si tu n'exécutes pas le prochain défi je ferai du mal à ta famille, à ton petit frère, à ta petite sœur, je sais où tu habites, je sais tout de toi et des tiens. » C'est la dernière piste en date que suit mon père. Avant ça, il s'est infiltré dans des réseaux sociaux utilisés par les djihadistes pour recruter, maman trouvait ça absurde mais on ne pouvait pas tout à fait éliminer cette piste disait-il, des filles insoupçonnables qui se radicalisaient en secret et finissaient par partir là-bas il y en avait autant que de parents qui n'avaient rien vu venir. Alors la nuit, dans le plus grand secret, à l'abri du regard de ma mère, il s'acharnait, explorait toutes les voies, et tant pis si elles étaient sans issue.

Je secoue mon père. Il semble émerger d'un long cauchemar. Au pied du canapé, la bouteille de whisky et le cendrier plein en disent long sur son état.

— Le réveil a pas sonné. Je suis super en retard, le bus est parti depuis des plombes, il faut que tu m'emmènes.

Il grogne un bon coup pour la forme, me répond que je fais chier avant de filer sous la douche. Quinze minutes plus tard on est dans la voiture. La pluie s'abat en rafale. Les essuie-glaces peinent à chasser les gouttes énormes, mêlées de grêlons gros comme des billes, qui rebondissent sur le pare-brise et la tôle dans un vacarme d'apocalypse. On n'y voit que dalle. Mon père se tortille pour sortir son téléphone de sa poche. Ça n'arrête pas de vibrer depuis tout à l'heure. Sûrement son boss qui vient aux nouvelles. Ils avaient conférence de rédaction à neuf heures et le mec doit être sur les nerfs. Mon père n'y a pas prêté attention depuis le début du trajet mais visiblement l'autre insiste. Il finit par extraire l'engin de son pantalon, regarde l'écran sans pour autant avoir l'intention de décrocher. Ce n'est pas le nom de son chef qui s'affiche mais celui de l'inspecteur en charge du dossier de Léa. Il appelle régulièrement pour tenir mes parents au courant. Au courant de quoi ? Rien n'avance. Tous les signalements se sont avérés foireux. Depuis la parution de l'avis de recherche la police a reçu des dizaines d'appels qui ne correspondaient à rien. Des filles qui ressemblaient vaguement à Léa. Des fugueuses qui ont, grâce à elle, retrouvé leur foyer. Des corps retrouvés dans les fourrés, au fond d'un lac, qu'on a fini par identifier et ranger dans un cercueil six pieds sous terre.

Mon père décroche. Je vois son regard se figer. Il doit se passer un truc. Il raccroche et balance le téléphone sur le tableau de bord, appuie sur l'accélérateur, quitte la route pour attraper la nationale, fonce comme un dingue en regardant l'heure.

— On va où ?
— Au commissariat.
— Pourquoi tu fonces comme ça ?
— Je veux pas me taper le barrage.

Ses mains tremblent. La voiture dévie un peu. Si ça continue on va se prendre la rambarde de sécurité, une bagnole, ou finir dans le ravin.

On arrive chez les flics sains et saufs. Il éteint le moteur et sort en trombe. Je crois bien qu'il a oublié que j'étais là. Qu'est-ce que je suis censé faire ? Rester dans la bagnole à l'attendre ou l'accompagner ? Je choisis la seconde option.

Dans le commissariat, tout sent l'encre, le papier, le café et, bizarrement, la banane. Des agents de police, flingue à la ceinture, me saluent au passage. Certains s'arrêtent et me demandent ce que je fous là. Systématiquement je réponds que j'attends mon père.

— Il s'appelle comment ton père ?
— Paul Steiner.

En entendant ce nom les types me sourient gentiment. D'abord je me dis que c'est parce qu'ils doivent le connaître en tant que journaliste. Je sais qu'il a quelques contacts au poste. Des gars qui lui refilent des informations, le mettent sur des coups. Puis je réalise que c'est à cause de ma sœur. Tout le monde est forcément au courant ici. Tout le monde l'est dans la ville entière et ses environs, alors au commissariat chargé de l'affaire… D'ailleurs des avis de recherche sont punaisés un peu partout. C'est la première chose que j'ai vue en entrant.

Quand il ressort, mon père paraît presque surpris de me voir. Il a l'air complètement perdu, me prend dans ses bras et fond direct en larmes. Un court instant je pense : Ça y est, on y est. Léa est morte. Puis il s'écarte et alors, ce que je vois apparaître sur son visage, c'est tout sauf ce à quoi je m'attendais. Ce que je vois c'est de la pure lumière, un putain de sourire, une explosion de joie qui le défigure et le rend

méconnaissable. Les mots ont du mal à sortir. Mais il finit par balbutier :
— On l'a retrouvée. Merde alors. On l'a retrouvée. Viens.

Mon père roule à toute allure. On se dirige vers l'hôpital. C'est là qu'elle est. En observation. Ils la nourrissent avec une sonde parce qu'elle a beaucoup maigri. Lui font subir des examens pour vérifier son état de santé. Une équipe de psychiatres s'occupe d'elle. Il y a des flics aussi là-bas, qui tentent d'en savoir plus, mais pour le moment elle n'est pas en état de leur répondre. Elle a été retrouvée dans une maison isolée dans la campagne. Un promeneur avait entendu des cris, il s'est approché. Tout était clos. Les portes, les volets. La voix venait du sous-sol. Elle gueulait à l'aide. Il a prévenu les flics. Ils sont arrivés une demi-heure plus tard. Ont forcé la porte d'entrée, exploré le rez-de-chaussée et les chambres à l'étage, explosé le cadenas de la porte qui menait à la cave, puis celui de la cave elle-même, et elle était là, muette, effrayée, en état de choc.

— Il faut prévenir maman.

Je vois bien à sa réaction que mon père n'y a même pas pensé, qu'à cet instant pourtant crucial elle lui est sortie de la tête. On arrive sur le parking de l'hosto.

Il tente de l'appeler en marchant mais elle ne décroche pas. Je l'entends râler qu'elle fait chier à fourrer son appareil au fond de son sac et à le mettre sur vibreur. Il est mal placé pour s'énerver sur ce sujet. C'est de notoriété publique, mon père ne répond jamais au téléphone. En général quand ça sonne il se contente de le sortir de sa poche et de regarder l'écran pour savoir qui l'appelle, puis il le range. « La messagerie c'est pas pour les chiens », il dit toujours.

Il recompose le numéro, mais là encore les sonneries se perdent dans le vide avant de déboucher sur un répondeur.

— On est à l'hôpital. Ils ont retrouvé Léa. Rappelle-moi. Et rapplique !

Dans le hall, ça grouille de flics. Mon père se présente à l'accueil. L'hôtesse nous dit de nous rendre au quatrième étage. Jamais un ascenseur ne m'a paru si lent. Les portes s'ouvrent et on tombe nez à nez avec trois policiers. Une dizaine d'autres circulent dans les couloirs, parmi les chariots de matériel de soin, de linge et de plateaux-repas. Il y en a cinq ou six encore massés devant la porte de la chambre qui parlementent avec un médecin. Celui-ci leur explique que ça ne sert à rien d'insister pour le moment. Elle n'est pas en état de leur parler.

— Ça va prendre du temps. Nos équipes sont sur le pont, il faut nous faire confiance.

— OK OK, répond un des types. Mais d'ici que vous ayez réussi à la sortir de sa torpeur ce bâtard sera loin. La police scientifique est sur place, ils relèvent des traces d'ADN un peu partout mais rien ne dit que cet enfoiré soit dans nos fichiers. Ni qu'il se soit pas déjà tiré aux Bahamas.

Je n'ai pas besoin qu'on me fasse un dessin. Dans la voiture mon père m'a expliqué qu'à ce stade on ne savait pas grand-chose, si ce n'est que Léa avait été enlevée puis séquestrée. Son ravisseur l'avait vraisemblablement changée de planque à plusieurs reprises. C'était le mode opératoire classique d'après lui. Qu'est-ce qu'il en savait ? Et en quoi une séquestration pouvait être « classique » ? Y avait-il un mode d'emploi quelque part, des règles que suivaient scrupuleusement les détraqués sadiques ?

On s'approche et mon père décline son identité. Les flics le saluent et se mettent aussitôt en retrait.

— Elle est là ?

— Oui, elle est dans cette chambre, répond une femme en blouse blanche. Mais pour le moment vous ne pouvez pas entrer. Elle est train de subir des examens.

— Quel genre ?

— Écoutez, monsieur Steiner, c'est délicat. Ce que je vais vous dire va vous faire un choc. Mais votre fille a été séquestrée pendant plusieurs mois par un déséquilibré. Elle est très fragile psychologiquement. Très marquée. Physiquement aussi. Nous devons évaluer la gravité de son état. Vérifier qu'elle n'a pas de séquelles. Établir le degré et la nature des violences qu'elle a pu subir, y compris sexuelles.

Je suis pris d'une subite envie de vomir. Mon ventre se tord comme une foutue éponge et cherche à se faire la malle par la bouche. Mon père n'a pas l'air mieux. Je vois ses yeux s'embuer de larmes, le sang y affluer, dans un réflexe de colère incontrôlable. Ses mâchoires se contractent. On pourrait entendre ses dents crisser.

— Je vais le tuer. Si je le retrouve avant vous, je le tue.

Il a lâché ces mots en regardant un flic droit dans les yeux, avant de s'asseoir et de se plonger le visage entre les mains. Il reste une trentaine de minutes comme ça, prostré, pendant qu'une psy lui parle avec toute la douceur dont elle est capable. Lui dit que pour le moment, surtout, il ne faut pas poser de question à Léa sur ce qu'elle a vécu. Qu'il faut la laisser en parler elle-même. Se concentrer sur le présent. Prendre soin d'elle, l'entourer d'affection. L'écouter si elle le souhaite. Mais respecter ses silences. S'en tenir à l'amélioration de son état physique, à sa réacclimatation, à la gestion du stress post-traumatique. Être attentif aux moindres signes de détresse. Frayeurs. Dépression. Anorexie. Mon cœur cogne comme un marteau-piqueur, me défonce la poitrine. Je regarde la porte de sa chambre comme si ça avait le pouvoir de la faire s'ouvrir. Et puis ma mère arrive. Alain la tient par le bras. Elle chancelle. Paraît complètement ivre.

— Qu'est-ce qu'il fout là, lui ? crache mon père.

Ma mère n'y prête aucune attention, se jette dans ses bras et m'attrape pour que je me joigne à eux. Et on se chiale dessus comme ça pendant dix minutes. Quand enfin on retrouve nos esprits, Alain est toujours là comme un con.

— Il compte rester là, lui ? fait mon père.

L'amant de ma mère bafouille qu'elle n'était pas en état de conduire, qu'elle était trop bouleversée, et aussi qu'elle a passé tout le temps du trajet en ligne avec le commissariat, ça aurait été trop dangereux de la laisser prendre le volant.

— Ouais, ben merci, mais maintenant tu te casses.

Alain fait un signe à ma mère qui acquiesce avec un petit sourire, qu'elle veut sans doute le plus doux possible mais qui ne ressemble à rien. Un genre de grimace tout au plus. Il fait demi-tour au moment même où s'ouvre la porte. Un médecin et deux infirmières en sortent. La psy nous dit qu'on peut y aller.

Nous avons passé la journée à l'hôpital. Nous serions bien restés encore mais vers dix-neuf heures la psy est entrée dans la chambre pour nous dire qu'il valait mieux qu'on parte : Léa devait se reposer, elle avait besoin de calme et de beaucoup de sommeil. Ils allaient lui donner des médicaments pour dormir de toute manière. Elle s'assoupirait vite et ne se réveillerait pas avant le lendemain. Mes parents étaient complètement sonnés. Pris dans un mélange de soulagement, de joie, d'incrédulité et de questions trop douloureuses pour passer la barrière de leurs lèvres. Qu'avait-elle subi là-bas ? Avait-elle été frappée, violée, maltraitée ? Avait-elle cru qu'elle ne s'en sortirait jamais ? Que cela durerait encore des années, une vie entière ? Avait-elle cru mourir ? L'avait-elle souhaité ?

Nous sommes restés neuf heures à ses côtés mais c'était comme veiller un fantôme. Son visage était creusé, ses yeux cernés style raton-laveur, sa peau translucide couverte de bleus et d'égratignures. Son regard halluciné, rempli de terreur. Quand nous sommes entrés, elle a fondu en larmes silencieuses.

Sa bouche s'est ouverte sur des mots impossibles. Reliée à une perfusion, à divers engins de mesure, en chemise d'hôpital, ses vêtements sales roulés en boule au fond du placard, elle ressemblait à une rescapée d'un grave accident de la route, ou d'un attentat. Paraissait se réveiller d'une opération. Elle peinait à garder les yeux ouverts. Et ses mots étaient pâteux, pris dans la boue d'un débit d'outre-tombe. Nous nous sommes littéralement jetés sur elle pour la serrer dans nos bras. Elle était molle et passive, privée de force, incapable de nous rendre notre étreinte. Nous nous sommes écartés doucement. Ma mère a embrassé son front. Mon père a passé ses mains dans ses cheveux ternes. J'ai caressé sa joue rêche. Puis nous l'avons ensevelie de pauvres mots très tendres :

— Nous sommes là maintenant, tu es rentrée, tout va bien, c'est fini, on va prendre soin de toi, c'est fini, ça va aller, tu vas t'en sortir.

La journée a passé ainsi. À la fois lente et s'écoulant en un éclair. Oscillant entre l'inquiétude et la délivrance. Recouverte de tendresse éperdue. Régulièrement Léa sombrait dans le sommeil. Ça la prenait d'un coup. Ses yeux se fermaient et aussitôt après elle dormait. Se réveillait en sursaut une heure plus tard, dans un cri de terreur que calmaient peu à peu nos mains dans les siennes et sur son front, son regard parcourant nos visages et la chambre, jusqu'à ce que son cerveau enregistre l'inimaginable : elle n'était plus dans une de ces maisons, dans une de ces caves, elle n'était plus prisonnière, l'homme était loin, elle était en sécurité, de retour parmi les siens.

Ma mère est restée dîner avec nous. Après le repas mes parents sont sortis marcher sur la plage. Mon père était à moitié saoul et il avait déjà fumé un paquet entier de Partagas Club. Ils m'ont proposé de les accompagner mais j'ai préféré rester seul dans la maison.

Ça fait une heure qu'ils sont partis maintenant.

En rentrant nous n'avons prévenu personne. Ni amis, ni grands-parents, ni oncle, ni tantes. Mes parents ont peur qu'ils rappliquent à la minute, comme ils ont débarqué des mois plus tôt, quand Léa s'était évaporée dans la nature. Alors la maison s'est remplie et tout semblait absurde et sens dessus dessous. On aurait dit ces repas d'après funérailles, où les familles tentent de trouver ensemble une impossible consolation. Seul mon oncle Jeff manquait à l'appel. Ma mère l'avait viré. Elle le tenait pour responsable de ce qui était arrivé, quoi que ce puisse être. Léa était sous sa surveillance et il avait failli. Il l'avait perdue de vue dans la foule et maintenant nous l'avions perdue tout court. Bien sûr ma mère s'en voulait d'avoir fait confiance à son frère. Elle était pourtant mieux placée que quiconque pour le savoir, on ne pouvait pas compter sur lui. Jamais. En quoi que ce soit. Elle était sa sœur et le connaissait par cœur. Un loser immature. Un enfant dans un corps d'adulte. Comment avait-elle pu accepter ? Elle se posait la question pour la forme. Chacun se souvenait de la façon dont les choses s'étaient enchaînées. La semaine de vacances à Paris annulée une énième fois, je ne sais même plus pour quel motif. La proposition de ma sœur d'y aller seule, de loger chez une copine et le refus catégorique de ma mère. Léa tellement furax que maman n'avait pas osé lui refuser d'aller voir ce concert au festival, même si elle se méfiait de ce genre de manifestation, la scène dressée au milieu de nulle part, les voitures garées dans les champs, les campings improvisés où s'amassait une faune hétéroclite, spectateurs venus de loin, zonards moitié punk, moitié hippies. Elle redoutait les mauvaises rencontres, les joints et les cachetons qui circulaient.

— Moi je l'emmène, avait alors dit Jeff.

Il vivait à Rennes à l'époque. Était venu, comme il le faisait une à deux fois par semaine, passer l'après-midi et la soirée à la maison. Souvent il restait dormir sur le canapé. Squattait chez nous dès que possible. Histoire de nous voir et de profiter de la mer. On l'adorait, Léa et moi. Ma mère aussi sans doute. Mais je voyais bien qu'il l'insupportait. Qu'elle le trouvait trop instable et émotif. Elle disait toujours qu'il n'était pas fiable. Sans doute des trucs qui remontaient à l'enfance, ou à l'adolescence. Ou tout simplement parce qu'elle le jugeait responsable de ses ratages, de sa vie foireuse. Ses boulots qu'il perdait au bout de quelques semaines, ses addictions, ses relations amoureuses qui tournaient au naufrage, son hypersensibilité qui apparaissait à ma mère comme une faiblesse, une complaisance. Pourtant elle avait dit OK, acculée. Avec Léa les relations étaient tellement tendues qu'elle n'avait pas trouvé le moyen de s'en sortir autrement. Quant à mon père, il avait acquiescé, mais lui c'était autre chose, il ne voyait pas où était le problème. Et s'il n'en avait tenu qu'à lui, Léa aurait été autorisée à aller toute seule à Paris.

Jeff et Léa étaient partis en début de soirée, dans la voiture de ma mère. Mais il était rentré seul et suant de panique, complètement affolé, tremblant de tout son corps, répétant qu'il l'avait perdue de vue dans la foule, l'avait cherchée partout, jusque tard après le concert. Il avait arpenté les campings de fortune, les bars éphémères qui fermaient un à un. Avait interrogé tous les gens qu'il croisait, les spectateurs, les techniciens, les organisateurs du festival. On avait lancé des appels depuis des haut-parleurs. Mais rien. Nada. Jeff avait fini par quitter le site du festival, pris toutes les routes possibles en roulant au ralenti, écarquillant les yeux pour tenter de l'apercevoir, le pouce tendu ou regagnant Saint-Malo à pied. Il avait pourri le répondeur de Léa de messages. Et s'était résigné à revenir ici sans elle, avec le maigre espoir qu'elle l'ait précédé, qu'elle soit rentrée par ses propres moyens. Mes parents étaient dans un état indescriptible. Ma mère l'a traité de tous les noms. Elle était hors d'elle. Je ne l'avais jamais vue comme ça.

— Mais putain comment t'as pu la perdre de vue, bordel ! Comment j'ai pu faire confiance à un connard pareil ?

Jeff n'a jamais su mentir. Même moi j'ai toujours remarqué ça. La façon qu'il a de ne jamais rien enjoliver, de dire les choses comme elles sont. Ou comme il les ressent. Sans filtre. Sans carapace. Ça lui a joué pas mal de tours au fil des années. Avec ses employeurs, ses copines, sa famille. Alors bien sûr il a raconté les choses telles qu'elles s'étaient produites. Cette fille dans la foule qui le fixait du regard et lui brûlait les poumons. Son cœur qui lui battait les tempes et semblait trop gros pour sa poitrine. La manière qu'elle avait de danser en plongeant son regard dans le sien. Ses grands yeux clairs, ses cheveux noirs. Entre deux chansons il lui avait proposé d'aller prendre une bière à la buvette. Dit à Léa qu'il revenait. Au pire, il la retrouverait à la fin du concert, avait-il ajouté, avec un clin d'œil qui se voulait complice. Ma mère l'a giflé. L'a traité de sous-merde, d'incapable, de débile profond. Jeff répétait qu'il était désolé, qu'il ne comprenait pas ce qui s'était passé. Il avait pris un verre avec la fille, ils s'étaient embrassés, elle lui avait laissé son numéro puis ils s'étaient frayé un chemin dans la foule pour retrouver leurs places aux premiers rangs du concert. Mais Léa n'y était plus. Il avait tellement paniqué que la fille s'était tirée. Elle n'avait pas envie d'être mêlée à ça. S'était rendu compte illico qu'elle avait pioché le mauvais numéro. Comme tant d'autres avant elle, parce qu'il était beau comme un ange, qu'il dansait comme un dieu, qu'il avait cet air innocent et doux, cette lumière dans les yeux, ce truc magnétique qui vous happait. Seulement derrière, dès qu'on grattait la surface, ce qu'on voyait apparaître c'était un type rongé de l'intérieur, en vrac total. Ma mère tournait comme une dingue dans le salon, se rongeait les ongles au sang tandis que mon père bombardait la messagerie de Léa. Il a fini par appeler les flics. On a passé la nuit à attendre. La peur nous bouffait le ventre, nous essorait l'estomac, passait nos intestins au broyeur.

Le lendemain matin, mes parents se sont rués au commissariat. Et ça a été le début de longs mois d'agonie. L'avis de recherche, l'enquête, les mails et les comptes de Léa explorés jusqu'aux tréfonds du Web, tous les élèves du lycée interrogés, tous ses anciens amis de Paris contactés. Mes parents y sont allés eux-mêmes. Ont supplié chacun de leur dire quelque chose, de leur révéler un indice, si maigre soit-il. Les flics exploraient toutes les pistes. Analysaient tous les signalements, recoupaient toutes les informations possibles.

Réseaux de radicalisation, squats, bandes de punks à chien, zadistes, communautés diverses, affaires de viol sur mineure non élucidées, autres disparitions inquiétantes, résolues ou non. Types aux casiers louches laissés dans la nature, grands psychotiques échappés des hôpitaux. On parlait de ma sœur à la télé, dans les journaux. À la maison la famille se relayait pour soutenir mes parents. Au collège tout le monde savait et on me témoignait l'attention qu'on porte aux grands malades, aux condamnés, aux endeuillés, aux rescapés. Tout ce bordel a duré des semaines. Ma mère a obtenu un arrêt de travail. Mon père, lui, a continué à bosser. Il disait que c'était le seul moyen pour lui de tenir, de ne pas s'effondrer tout à fait et ma mère lui en a voulu pour ça. Puis les choses se sont effilochées au fil du temps. La presse a de moins en moins parlé de ma sœur. L'enquête s'est enlisée. La famille est retournée à sa vie. Ils appelaient pour se tenir au courant. Sauf Jeff, que ma mère avait littéralement banni. Il n'a plus jamais eu le droit de mettre un pied à la maison. Ni même d'appeler. Ni elle, ni mon père, ni moi. Il a complètement perdu pied. Il se sentait tellement coupable. Son cerveau a dévissé. Il a sombré dans la dépression. Des crises d'angoisse terribles le foutaient par terre. Il ne trouvait même plus la force de se lever. Il a perdu son boulot. Son appart. S'est fait hospitaliser pendant un mois. Après quoi il est retourné vivre en banlieue parisienne, chez ses parents. Quand ils appelaient ma mère et qu'ils essayaient de lui donner de ses nouvelles, elle refusait d'entendre quoi que ce soit. Mais moi je savais. J'appelais mon oncle en douce, de temps en temps. Il fondait en larmes au bout de deux minutes de conversation. N'en finissait pas de demander pardon.

Mes parents ne sont toujours pas rentrés. Je compose son numéro. Il décroche et je n'attends pas qu'il prononce le moindre mot, je ne me présente même pas, je dis :
— On l'a retrouvée, elle est à l'hôpital, elle va rentrer d'ici un ou deux jours si tout va bien. Elle s'est fait enlever.
Je n'entre pas dans les détails. Je lui demande juste de ne rien annoncer aux grands-parents pour le moment, ma mère va le faire, sûrement dès demain. Jeff ne répond pas. Ou alors à la façon d'un animal. Une série de gémissements de bête blessée, qui se transforment peu à peu en rire dément.

Laisse tomber. Je comprends. C'est sûrement plus facile pour moi. Je les déteste toujours autant mais de ce côté-là, mes parents sont réglos. Pas du genre obtus. Je vais tenter le coup pour les vacances de printemps. Je vais repiquer ma crise. Refaire mon numéro. Mon père c'est déjà dans la poche. Il est tellement paniqué de me voir tirer une tronche d'enterrement du matin au soir depuis six mois.

Six mois. Six mois que j'ai pas touché ta peau. J'ai oublié la douceur de ta bouche. Le goût de ta langue. WhatsApp, Snapchat, Skype, des fois je me dis que ça me fait plus de mal qu'autre chose. Te voir sans pouvoir te toucher. Te voir de l'autre côté de l'écran. Loin. Ça ne comble pas ce vide immense à l'intérieur.

Il n'y a pas un instant où je ne pense pas à toi. Dans ma tête je suis tout le temps avec toi. J'aime bien ce truc qu'on fait. De lire les mêmes livres en même temps. De regarder les mêmes séries.

Je voudrais pouvoir en parler pendant des heures avec toi après chaque page, chaque épisode. Même si c'est pour s'engueuler. Tu vas quand même pas tirer la gueule pendant cent sept ans parce que j'aime pas autant Riverdale *que toi. Est-ce que moi je te reproche de pas accrocher à* Orange Is The New Black *? Ou de pas hurler de rire en matant les clips de Christine and the Queens ? Ou de pas kiffer les bouquins de Pete Fromm ? OK j'arrête là. On peut pas tout aimer pareil. Du moment qu'on s'aime pareil toi et moi.*

Allez je te laisse. Mon père nous appelle. Dîner familial. Je vais me lancer. Leur faire peur. Leur imposer un ultimatum. Leur dire : « C'est les vacances à Paris ou moi. » Non mais.

Kisses.
Léa

Le lendemain, je me réveille à nouveau en sursaut. Encore une fois l'alarme n'a pas sonné. Et puis je réalise que c'est normal : on est samedi et je n'ai pas cours. Ce n'est qu'au bout de plusieurs minutes que les événements de la veille me remontent au cerveau. Quel que soit le jour de la semaine, je ne serais pas allé au lycée aujourd'hui. On a retrouvé Léa et plus rien d'autre ne peut avoir de signification ni d'importance.

Ma mère a passé la nuit à la maison. Au moment de se coucher je l'ai entendue s'engueuler avec mon père. Il voulait lui laisser la chambre. Il dormirait sur le canapé. Elle trouvait ça complètement con. Mais il n'en a pas démordu. Quand je descends l'escalier je le trouve au salon. Sa couverture roulée en boule au bord du canapé. Il n'a dormi qu'une heure ou deux. Sent le tabac et le café. Quelques minutes plus tard, ma mère se pointe. Ils appellent l'hôpital aussitôt, raccrochent énervés, déçus. On vient de leur dire de ne pas débarquer avant treize heures. Léa a encore des examens à subir, un entretien avec la psychiatre et un autre avec les enquêteurs. J'enfile ma combi, attrape ma planche et quitte la maison.

Ça fait bientôt deux heures que la mer monte. Le vent souffle du sud-ouest et le soleil dore le sable, illumine l'eau. On croirait que des projecteurs géants ont été installés au fond pendant la nuit. Qu'elle est éclairée de l'intérieur. Des vagues idéales se dessinent à sa surface. Elles ne sont pas énormes mais se forment à intervalles réguliers, s'enroulent sur elles-mêmes, restent un moment en suspension avant de se casser et de s'échouer brutalement en écume mousseuse. Je cours vers l'eau comme si elle m'appelait, quand j'entends mon nom. Je me retourne. Chloé marche vers moi. Pour une fois je ne l'ai pas guettée. Je n'y ai même pas pensé. Elle n'a pas complètement enfilé sa combinaison. L'a laissée pendre à partir du nombril. Un peu au-dessus pour être précis. Tout le reste de son corps, que barre le tissu orange de son deux-pièces, est visible. Je sens mon sang pulser dans mes veines, se ruer comme un damné vers le cœur et refluer tout aussi vite. C'est dingue comme le corps et le cerveau peuvent être déconnectés parfois. Dans ma tête depuis hier il n'y a de place pour rien à part Léa, rien à part ces pensées qui s'entrechoquent, ces souvenirs qui me remontent des derniers mois et se fracassent contre des tas de questions sans réponse et de scénarios imprévisibles pour l'avenir. Tout ça ne va pas tarder à me faire exploser la cervelle. Il n'y a que l'eau pour me calmer et je ne vois pas comment la peau de Chloé, son cou, ses omoplates, ses épaules et ses bras nus, et le renflement de ses seins sous le tissu, son ventre pâle juste en dessous peuvent se frayer un chemin dans tout ça, faire partie de l'histoire, retenir mon attention une demi-seconde. Elle me rejoint et me serre fort dans ses bras. Je ne comprends rien à ce qui se passe. Je reste paralysé, les bras ballants, maudissant cette foutue combinaison qui anesthésie toute sensation, rend le contact de sa peau imperceptible, jusqu'à ce qu'elle s'écarte un peu et plante ses yeux dans les miens.

— Tu ne peux pas savoir comme je suis heureuse pour toi, pour vous.

Je reste un moment sans réaction tellement je suis scié. Puis je finis par lui demander comment elle l'a appris. Elle prend un air mystérieux qui la rend encore plus belle.

— Les nouvelles vont vite par ici, tu sais.

Puis devant mon effarement, ma gueule d'ahuri, elle redevient sérieuse.

— Ma mère travaille à l'hôpital. Elle bosse en psychiatrie. Elle est du genre bavarde. Alors voilà, hier soir elle était tellement excitée et soulagée, elle m'a annoncé la nouvelle. J'en ai pas dormi de la nuit.

On parle encore quelques instants de Léa. De son retour prochain.

— Ma mère m'a dit qu'elle était terrorisée. Dès qu'on lui pose la moindre question, elle panique. Elle dit que ça va prendre pas mal de temps avant qu'elle parle. Que ça va être dur pour tout le monde. Pour elle. Pour vous. Il va falloir être patient. Et présent. La rassurer pour l'aider à « revenir », elle a dit. Ne pas la brusquer.

Tout ça m'entre dans le cœur comme des morceaux de verre. On se dirige vers l'eau et je reste deux heures à me faire bousculer par les vagues. Je cherche moins à les prendre qu'à me perdre à l'intérieur. Comme dans le tambour d'une machine à laver. Je les laisse m'emporter, me malmener. Me brutaliser. Infiniment je chute et bois la tasse, me retrouve la tête sous la flotte sans plus savoir discerner le fond de la surface. Je me laisse boxer jusqu'à l'épuisement, jusqu'à ce que mon cerveau se vide et que mon corps s'efface.

Quand je rentre mes parents sont sur le départ. Ils paraissent presque surpris de me voir les suivre dans la voiture. Je me demande ce qu'ils croyaient. Comment ils ont pu imaginer un seul instant que je n'allais pas les accompagner à l'hôpital. Pendant qu'on roule mon père me répète ce que leur ont dit les médecins au téléphone quelques instants plus tôt.

— Ta sœur semble un peu mieux mais elle n'est pas prête à parler pour le moment. Apparemment elle ne le sera pas avant pas mal de temps. Quand elle sera sortie, elle aura besoin de voir un psy régulièrement. Il paraît que c'est lui et lui seul qui décidera du moment où elle pourra répondre aux questions des flics. Et aux nôtres. Sinon, les résultats des différentes analyses sont plutôt rassurants. Ils disent qu'elle n'a pas subi de violences physiques graves. Qu'il n'y a pas de séquelles irréversibles. Y compris sexuelles.

Il a prononcé les derniers mots en toussant pour s'éclaircir la gorge. Je regarde ma mère et ses yeux s'embuent de larmes. Un silence terrible s'installe dans l'habitacle. Mon père allume l'autoradio. J'essaie de me concentrer sur la musique, de laisser les notes chasser les pensées qui prennent mon cerveau d'assaut, toutes ces images que la mer a noyées pendant quelques minutes et qui remontent à la surface, comme une encre effacée qui soudain réapparaît.

On arrive à l'hôpital. Une camionnette de BFM TV est garée sur le parking. Une autre de France 3 Bretagne. Europe 1 et CNews sont aussi de la partie. Devant l'entrée principale une poignée de types armés de micros et de caméras guettent les allées et venues.

— On nous a prévenus, me glisse mon père, il y a une autre entrée, plus discrète, pour le personnel. Une infirmière est censée nous y attendre.

Il semble excédé.

— Putain. Comment ces connards peuvent être au courant ? Quel crétin a bien pu être assez con pour les prévenir ?

Il contourne le bâtiment principal et se gare à l'arrière. Pianote sur le clavier de son téléphone. Puis on attend un moment. L'appareil finit par vibrer. Les parents sortent de la voiture. Je leur emboîte le pas et on se précipite vers la porte de service. J'entends des cris dans notre dos. Un type gueule et rameute ses collègues. Ils nous poursuivent comme une putain de meute de hyènes mais c'est trop tard, nous atteignons la porte où trois flics leur barrent le passage et leur ordonnent de dégager s'ils ne veulent pas finir au poste ou se prendre de coups de matraque. Une fois à l'intérieur l'infirmière nous guide dans les couloirs et les étages. Pousse des portes à battants qui se referment derrière nous dans un bruit de caoutchouc. Comme la veille, des chariots remplis de matériel médical ou de linge sont garés un peu partout. Des médecins, des infirmières et des aides-soignants nous saluent au passage. On arrive devant la chambre de Léa. Plus de flics. Plus d'attroupement de toubibs. On se regarde un instant. Ma mère serre ma main dans la sienne. Fait pareil avec celle de mon père. Inspire un grand coup. Force sa bouche à sourire. Puis elle pousse enfin la porte.

Léa est assise dans un fauteuil, les yeux rivés à la fenêtre. Dans le ciel, des goélands volent en gueulant sans raison valable. Elle est habillée de vêtements trop grands pour elle. Sans doute des trucs que lui ont trouvés les infirmières. On lui a aussi fourni un iPod. Elle retire les écouteurs en nous voyant apparaître. Un sourire timide se forme sur ses lèvres, ses yeux sont baignés de larmes – depuis la veille elles coulent sans discontinuer, sans sanglots ni hoquets, juste deux filets d'eau salée qui dévalent lentement ses joues sans qu'elle puisse les retenir. C'est une bonne chose, selon la psy. Puisqu'elle ne parle pas ou à peine, il faut que cela sorte d'une manière ou d'une autre. Trop d'émotions contradictoires doivent se bousculer et bouillir en elle, il faut en purger une partie. Sans quoi elle risque d'exploser. Le syndrome de la cocotte-minute. Léa se lève très lentement, prise dans le coton des anxiolytiques. Au moins on lui a retiré sa perfusion, ainsi que la batterie d'électrodes qui, hier, contrôlaient ses constantes. Nous la serrons dans nos bras chacun notre tour. Elle n'a pas plus de consistance qu'un bout de chiffon. Quand c'est mon tour, au moment de s'écarter, elle me glisse d'une voix molle et blanche :

— Tu sens la mer. Laisse-moi sentir encore.

Puis elle colle son nez dans mes cheveux. Et elle éclate en sanglots. Au même moment, on toque à la porte. Un médecin entre et m'interroge du regard.

— C'est à cause de l'odeur de la mer, je fais.

Dit comme ça, ça n'a aucun sens, mais le docteur a l'air de comprendre. C'est son métier, après tout : comprendre.

— Dans mes cheveux, je précise.

Il hoche la tête, puis se tourne vers mes parents.

— Bon. Léa a formulé le désir de quitter l'établissement dès aujourd'hui. Je tiens à vous dire que l'équipe qui la suit n'y est pas favorable. Pour bien faire il faudrait la garder quelques jours encore mais elle n'en démord pas. Elle a menacé de s'enfuir. De ne plus se nourrir. De ne plus accepter de médicaments. Nous nous sommes donc entendus sur la formule suivante : Léa peut rentrer à la maison dès aujourd'hui mais il faudra qu'elle vienne tous les jours pour consulter et ce jusqu'à nouvel ordre. Elle a besoin d'être suivie. Accompagnée. Est-ce qu'on est bien d'accord ?

Avant même que mes parents ne répondent, ne protestent ou ne posent la moindre condition, la plus petite question complémentaire, Léa répond :

— Oui. Tout ce que vous voulez mais je veux rentrer. Tout de suite.

Le médecin acquiesce. Puis il prie mes parents de le suivre. Ils quittent la chambre et me laissent seul avec elle. Bizarrement ça m'intimide. Je ne sais pas trop quoi faire de mon corps. Quels gestes effectuer. Comment me comporter avec elle. Elle s'installe sur son lit et me fait signe de m'asseoir à ses côtés. J'obéis. Elle saisit ma main et la presse dans la sienne. Je ne trouve rien à lui dire. Il y a tellement de choses que je voudrais lui demander et que je ne dois pas. Tellement de choses que je voudrais lui confier et qu'il ne faut pas. Tout ce qui s'est passé en son absence.

Cette douleur. L'horreur en continu. Les mois en apnée. L'enquête et les rumeurs. La peur et le chagrin qui rendent fou. Maman qui a fini par prendre un appartement. Le type qu'elle a rencontré. Je finis par désigner l'iPod.

— T'écoutais quoi ?

Elle me le tend et je fais défiler l'écran. On croirait le sien. La plupart des trucs qu'elle écoute y sont consignés. Arcade Fire, The Last Shadow Puppets, Arctic Monkeys, The Black Keys, Franz Ferdinand, Sufjan Stevens, Father John Misty, Bon Iver…

— C'est à une fille du lycée. Sa mère fait partie des psys qui s'occupent de moi.

— Chloé ? je demande.

— Tu la connais ?

— Ouais. Elle fait du surf à Longchamp. Je la croise souvent dans l'eau.

— Tu fais du surf, toi ?

— Ça m'a pris comme ça. J'y vais presque tous les jours. J'aime bien.

— Si tu croises Chloé tous les jours, tu m'étonnes que t'aimes bien…

Je dois rougir comme une grosse pivoine débile parce que juste après avoir dit ça, Léa me bouscule gentiment.

— Allez, je te taquine…

Puis elle ajoute qu'elle a hâte de voir ça. Son frangin frileux pas sportif pour un rond debout sur sa planche au milieu des rouleaux… Je lui souris en haussant les épaules. J'ai un mal fou à soutenir son regard. Il est tellement fixe et voilé. Vide aussi. Comme sa voix. Qui sort au ralenti, pâteuse, enrobée d'ouate. La langue engluée comme un oiseau dans une nappe de pétrole.

Mes parents réapparaissent quelques minutes plus tard. Ils semblent tendus. Et un peu perdus. Mon père nous annonce qu'on va pouvoir sortir.

— Ces cons de journalistes sont sûrement dehors à nous attendre mais des vigiles vont nous accompagner.

À ces mots je vois Léa se mettre à trembler. Son visage se fige sous un masque d'angoisse. Ma mère s'approche d'elle.

— Ça va aller, lui souffle-t-elle. Je te promets. Ils vont nous faire un chemin jusqu'à la voiture. Nous on sort et on entre dans la bagnole. Et on ne leur répond pas. Je vais te passer mes lunettes de soleil et mon foulard. Tu rabattras la capuche de ton sweat. Ils n'auront rien. Ni tes mots ni ton visage. Promis.

Les choses se sont passées à peu près comme maman les avait décrites. Les vigiles nous encadraient et écartaient les journalistes, foutaient leurs mains immenses en travers des caméras. Au milieu de ça mes parents protégeaient Léa, la tête enfouie dans le coton de son pull, le menton et la bouche couverts par une écharpe, les lunettes noires immenses de maman masquant les deux tiers restants de son visage. Sitôt dans la voiture mon père a démarré. Au passage il a heurté deux types qui ont gueulé comme si on venait de les écraser, mais on roulait à deux à l'heure et dans le rétroviseur j'ai bien vu qu'il n'y avait pas vraiment eu de choc. D'une certaine façon, ça m'a un peu déçu. Je n'aurais pas été mécontent qu'il les écrabouille, ces rats.

On arrive à Saint-Lunaire. Devant la maison, il y en a d'autres. Ces enfoirés nous attendent. Nous traquent jusque chez nous. Mon père grogne et accélère. Il passe la pointe et repique vers la plage des surfeurs. Devant nous se déploie soudain l'horizon. Le long ruban de sable bordant les eaux infinies, la succession de falaises et de criques fuyant vers les lointains. Le tout dans la lumière limpide du printemps. Léa garde la tête collée à la vitre, demeure silencieuse, rivée à l'espace, aux étendues. Mon père se gare sur le parking.

— Tu fais un beau métier, tiens, lui sort ma mère.

Il encaisse avant de se saisir de son téléphone. Compose le numéro d'un de ses contacts au commissariat. Un type qui lui fournit des tuyaux pour ses articles. Mon père lui expose le problème puis raccroche.

— Les flics vont intervenir et dégager tous ces cons. Ils ont prévu une conférence de presse aussi, à Saint-Malo, histoire de les calmer.

Soudain, la porte arrière droite s'ouvre et Léa sort en trombe. Les parents la regardent marcher vers la mer, paralysés. Puis, paniqués, ils finissent par sortir de la voiture et partent à sa poursuite. Je les suis, on débouche sur la promenade qui surplombe le sable mais Léa n'y est pas. Je sens que ma mère va péter les plombs, se mettre à hurler, ou exploser sur place et se disperser dans l'air comme un paquet de confettis. Je regarde partout autour de nous. La plage est presque déserte. Des couples. Des surfeurs leur planche sous le bras. Mais toujours pas de Léa. Je m'avance jusqu'aux gradins de béton qui descendent en escalier jusqu'à la mer. Pour les voir depuis la promenade il faut se pencher par-dessus un muret troué d'ouvertures tous les cinquante mètres. Cette fois je l'aperçois. Elle est là, trois marches en contrebas. À fixer l'eau, assise en boule, ses bras encerclant ses jambes ramenées contre le torse. Ses longs cheveux soulevés par la brise cachent son visage. Elle se balance d'avant en arrière.

Comme on cherche à se bercer. Je fais signe aux parents et ils me rejoignent. Nous nous approchons d'elle. Nous asseyons à ses côtés. D'un geste lent elle écarte ses cheveux de son visage. Elle pleure, de ces mêmes larmes continues et calmes qu'à l'hôpital. Puis elle reprend sa position initiale, le menton posé sur les genoux. À nouveau elle se balance, les yeux rivés sur les eaux montantes qui effacent un à un les récifs, dévorent à grandes lampées d'eau salée l'or du sable. Mes parents saisissent chacun une de ses mains. Elle ne les retire pas. N'esquisse aucun geste de recul. Ils restent longtemps ainsi, scrutant les flots et les îlots au loin, le ballet des cormorans, des sternes, des goélands, le passage des voiliers.

Quand le téléphone de mon père se met à vibrer on sursaute en chœur. Il regarde l'écran avant de décrocher, ça paraît dingue mais même en ces circonstances il garde son vieux réflexe, ne conçoit de répondre qu'en cas d'extrême nécessité. Ce qui est bien le cas ici. Alors il décroche. C'est son flic. Il l'appelle toujours comme ça, « mon flic ». Cette fois c'est bon, ils ont viré tous ces charognards. Deux hommes resteront postés aux abords de la maison le temps qu'il faudra pour éviter qu'ils reviennent, ces chasseurs de scoops de mes deux.

— Tu veux rentrer ? demande mon père.
— Pas tout de suite, murmure Léa. Ça me fait du bien d'être là. Avec vous. Devant la mer.

Bien sûr je ne suis pas dans la tête de mes parents, mais je suis certain qu'il s'y passe la même chose que dans la mienne. Une immense bouffée d'émotion incontrôlable. Un putain de bouleversement intérieur.

Un mélange dément de rire et de larmes. On est tous tellement à fleur de peau en cet instant. Sans plus la moindre protection. Toute armure fendue. Juste des boules de sentiments. Les nerfs à vif. Le cœur ouvert.

Une heure plus tard on rentre enfin à la maison. Tous ensemble. Aussi impossible à réaliser que ce soit. Les trois policiers qui surveillent les alentours nous saluent poliment. Mon père leur demande s'ils ont besoin de quelque chose. Un café. Une bière. Un truc à manger. Ils lui répondent que ça va, merci, mais ils ne vont pas tarder à partir de toute façon. Des collègues prendront le relais. Ma gorge se serre au moment de pousser la porte et de précéder Léa dans le salon. Je ne peux pas m'empêcher de me dire que quelque chose va trahir que maman ne vit plus ici. Mais Léa ne semble rien remarquer.

Un peu plus tard, tandis qu'ils se sont installés sur la terrasse du jardin pour boire un thé, je m'aventure dans les étages. J'ouvre les placards de ma mère, l'armoire de la salle de bains, je scrute le bord de la baignoire et la tablette entre le lavabo et le miroir. Tout est comme avant que maman se tire. Ses robes, ses cardigans, ses jeans et ses tee-shirts. Ses chaussures bien rangées en bas de l'armoire. Son parfum, son rouge à lèvres, son mascara. Ses bijoux suspendus aux branches d'un arbre miniature ultra stylé. Son ordinateur sur le bureau de la chambre. Ils ont tout prévu. Sont passés chercher ses affaires tandis que j'étais à la flotte. Pourtant Léa n'était pas censée rentrer aujourd'hui. Je ne sais pas quoi penser de tout ça. Ce mensonge pour son bien. Cette volonté de jouer la comédie. De la protéger. De ne pas la brusquer. C'est sûrement mieux ainsi. « Le plus important, c'est d'accueillir Léa », a martelé la psy. De l'aider comme on peut à reprendre possession de sa propre vie. Celle-là même qu'on lui a volée des mois durant. Peut-être à jamais.

Je redescends et la croise dans l'escalier. Elle se dirige vers sa chambre. Je fais demi-tour et l'accompagne jusqu'à sa porte. Le lit a été fait. La veille encore tout y était comme elle l'avait laissé la nuit de sa disparition. J'y ai passé tellement de temps, allongé sur sa couette, le nez plongé dans son oreiller. À écouter ses disques, feuilleter ses livres, ses cahiers de classe. Elle entre et s'assied avant de regarder autour d'elle. Les meubles, les posters, les rangées de romans dans la bibliothèque. Puis elle fixe son bureau, fronce les sourcils, et me demande où est son ordinateur. Je lui réponds qu'il est chez les flics. Qu'ils l'ont saisi et fouillé. À la recherche d'un indice, d'une piste.

— Ils ont tout envisagé. L'accident. L'enlèvement. Ils se sont même demandé si tu t'étais pas tirée en Syrie. Ils ont aussi pensé à une fugue. Du coup ils ont vérifié tous tes mails, ton historique de recherches, ton compte Instagram, tes messageries. Ils ont interrogé tout le monde dans ton ancien lycée. Et ici aussi. Mais ça n'a rien donné à part nous rendre tous complètement dingues.

Je la vois soudain se raidir et putain comme je m'en veux. Je suis allé trop loin. Je ne suis pas censé parler ouvertement de tout ça. La psy a bien précisé aux parents qu'il était essentiel de ne pas aborder la souffrance et les doutes que sa disparition nous avait infligés, qu'il fallait se concentrer sur sa douleur à elle et ne pas y ajouter la culpabilité. Que c'était primordial.

— Excuse-moi. Tu préfères peut-être rester tranquille.

— Je ne sais pas…

Sur le coup sa réponse me surprend un peu mais comment pourrait-il en être autrement ? Comment pourrait-elle savoir ce qu'elle veut, comment reprendre le cours de sa vie ? Personne ne sait. Pas même elle. Personne ne saura avant longtemps. On se contentera d'y aller à tâtons, pas à pas, comme des têtards aveugles.

II
Mer agitée

T'es où ? J'arrive pas à te joindre. T'es peut-être au ciné. Au théâtre. Avec des potes à boire des coups. Je peux même pas imaginer ça. T'as beau me raconter ça tous les jours, ça rentre pas. Je peux pas imaginer que tu vives sans moi. Moi sans toi je suis comme morte. Je me lève, je vais en cours, je me couche. Mais je suis morte à l'intérieur. Y a que toi qui puisses me réveiller. Comme ces cons de princes dans les Disney.

Putain. J'ai envie de tout casser. D'exploser en mille morceaux. Je voulais te le dire de vive voix mais comme tu réponds pas... C'est foutu. On vient pas. Ma mère est malade. Elle a tout annulé sans me prévenir. Je crois que c'est rien mais elle est du genre hypocondriaque. Elle a tout un tas d'examens à faire. Elle se voit déjà en chimio.

Putain. On était tellement près. J'étais tellement près de toi. C'était plus qu'une question de jours. Qui seraient devenus des heures. Des minutes. Des secondes. Puis plus rien. Juste nous deux. Putain. J'ai envie de hurler. D'ailleurs je le fais. Je m'en fous qu'ils m'entendent. Eux qui se plaignent de plus connaître le son de ma voix tellement je décroche plus un mot, ils sont servis.

Appelle-moi. Vite. Même si c'est juste pour chialer ensemble. Et s'il te plaît me dis pas que c'est pas grave. N'essaie pas de me calmer. De me consoler. C'EST grave. Tu es la seule chose que je veuille (pardon pour le « chose », t'es pas une chose, t'es toi et rien d'autre n'a d'importance pour moi).

Aishiteru desu.
Léa

Les jours qui suivent sont comme noyés de brume. Se répètent et se confondent. Un film sans chronologie précise, aux images tremblantes, fantomatiques. Mes parents ont tous les deux obtenu un arrêt de travail, délivré par la mère de Chloé. C'est elle qui a pris la tête de l'équipe en charge de ma sœur. Personne n'en sait autant qu'elle sur ce qui lui est arrivé. Ce qu'elle ressent. Ce qu'elle est capable ou non de verbaliser. Ce dont elle se délivre et ce qu'elle garde enseveli. Léa va la voir tous les jours, et lui parle, ou se tait, comment savoir, pendant deux heures au moins. Mais rien ne filtre. Nous ne savons rien. Demeurons dans le noir complet. Le reste du temps, à la maison, elle semble en permanence plongée dans un état de demi-sommeil, léthargique et prostrée. Égarée et anxieuse. Mais elle ne s'y attarde jamais. Chaque matin, après le petit déjeuner, une fois qu'elle est douchée, habillée, jean et sweat à capuche oversized, mes parents lui demandent doucement ce qu'elle veut faire d'ici son rendez-vous, et invariablement elle répond qu'elle veut sortir, se balader sur les sentiers, ou glander sur la plage s'il fait suffisamment bon. Jamais elle n'y va sans eux. Jamais elle ne franchit la porte sans escorte.

Une semaine ou deux, trois peut-être, défilent ainsi. Je pars pour le lycée au lever du jour. Les premiers temps quelques camarades me témoignent un semblant d'attention, de sollicitude.

— Tu dois être soulagé. C'est super qu'on ait retrouvé ta sœur.

Mais très vite on me fout la paix. Bien sûr, je ne suis pas dupe. Je sais parfaitement que dans mon dos on murmure. Une fille séquestrée par un dingue, forcément, ça fouette l'imagination. Je ne veux même pas penser à ce qui se trame dans leurs cervelles mitraillées d'hormones.

Pendant ce temps mes parents sillonnent la côte avec Léa. De Cancale au cap Fréhel, ils marchent pendant des heures au milieu des ajoncs et de la bruyère, longent des kilomètres de falaises bouffées de fougère, en surplomb des eaux émeraude. À chaque crique, ils doivent observer une pause, se laisser tomber sur le sable et s'y étendre en mâchonnant des herbes. Des oyats. Des queues-de-lièvre. Toutes ces choses auxquelles ils ont consacré leurs week-ends en arrivant ici, nous traînant parfois tandis que nous bougonnions à l'arrière, ne prêtant aucune attention aux paysages, nos écouteurs dans les oreilles, râlant qu'on se caillait, qu'il y avait trop de vent, ils les font dorénavant avec Léa, et à sa demande. J'imagine qu'elle ne supporte plus de rester enfermée. Et aussi que, face à la mer, le silence est moins pesant. Se taire en la regardant n'a rien d'étrange. C'est même une sorte de règle. La contemplation impose de fermer sa gueule. Puis ils l'emmènent à l'hôpital pour sa consultation quotidienne.

À leur retour, le plus souvent, je suis déjà rentré. Je prétends avoir fait mes devoirs et pars surfer. Léa m'accompagne sur la grande plage. Et n'en repart qu'avec moi. Entre-temps, à condition qu'il y ait du monde aux alentours, sans quoi, visiblement paniquée, elle demande aussitôt à rentrer, elle s'installe sur les gradins et regarde la mer pendant que j'attends les vagues. Parfois, Chloé sort de l'eau avant moi et la rejoint. Elles restent un moment à bavarder. Je ne sais pas de quoi elles parlent. De temps à autre Chloé lui tend un truc à fumer. Une cigarette, un joint, je ne suis pas sûr, d'où je suis tout reste flou. Mais pour le peu que je voie, j'ai l'impression qu'auprès d'elle ma sœur s'anime enfin. Pourtant, quand je la retrouve à ma sortie de l'eau, elle est comme je l'ai laissée, tournant au ralenti, un peu stone, prise dans le brouillard épais des antidépresseurs.

Le soir après le surf, je la ramène à la maison et nous dînons tous ensemble. Nous échangeons des paroles banales. Ne parlons jamais de ce qui nous obsède pourtant. N'évoquons ni l'enquête ni ses rendez-vous à l'hôpital. Les parents commentent l'actualité. La politique les passionne et ils s'écharpent à longueur de repas. Avant sa disparition, Léa aimait bien se mêler à leurs conversations. Jeter de l'huile sur le feu. Jouer la gauchiste de service pour les faire passer pour des vieux cons de bourgeois réacs alors qu'ils se disent de gauche. Depuis son retour, elle se contente de faire semblant de les écouter. Pour le reste, il est question du lycée, du temps qu'il fait, de livres, de disques, de films et de séries. Je ne parle jamais de celle que je regarde en cachette, une fois enfermé dans ma chambre. *The OA*.

L'histoire d'une fille qui réapparaît après avoir été séquestrée pendant de longs mois, avec trois autres compagnons d'infortune. Enlevée alors qu'elle était aveugle, elle revient en ayant retrouvé la vue, et s'en tient, auprès de ses proches, au silence quant à ce qui lui est arrivé. Au fil des épisodes on apprend qu'elle a été kidnappée par un genre de savant fou passionné par les états de mort imminente. Persuadé que ceux qui sont passés par là en sortent à jamais différents, qu'ils ont percé le secret de la vie après la mort, et détiennent la clé du passage entre l'ici et l'au-delà, ce tordu de première se livre sur ses cobayes à des expériences atroces. Au-delà du côté ésotérique, on suit la réadaptation chaotique de l'héroïne auprès de ses parents, dans le bled où elle a grandi. Leur soulagement à son retour, leur inquiétude ensuite, leur désarroi face à ses silences, ses accès de terreur ou de désespoir. Bien sûr les échos avec ce que nous vivons sont nombreux. Sans doute trop. Souvent je dois arrêter la série pour faire une pause, retrouver mon souffle, tellement ça me submerge. Ça m'a fait le même effet avec *The Leftovers* pendant la disparition de Léa. Un beau jour deux pour cent de la population mondiale, femmes, hommes, enfants, s'évaporent. Comme ça, sans explication. Une seconde avant ils étaient là, celle d'après ils ont disparu. On suit tous ces gens qui doivent vivre avec ça. L'absence soudaine et inexpliquée de leurs parents, enfants, frères, sœurs. Ils deviennent à moitié dingues. C'est déchirant. Insoutenable. Pendant tous ces mois, j'ai été obsédé pour tout ce qui avait trait à la disparition. Ai dévoré tous les romans, visionné tous les films qui tournaient autour de ça. Ça me faisait du mal et du bien à la fois. Je ne sais ce qu'en aurait pensé la mère de Chloé. Sûrement que ce n'était pas une bonne idée. Que ça revenait à verser du sel sur une plaie béante.

Après le repas, en général, ma sœur reste avec mes parents au salon. Elle lit en écoutant de la musique. Ou bien regarde un film avec eux. Ma mère choisit soigneusement les programmes. Ne sélectionne que des films légers, sans drame majeur. Ils enchaînent Woody Allen, Wes Anderson, Noah Baumbach, Jim Jarmusch, Damien Chazelle, Michel Gondry. De temps en temps je me joins à eux. Mais le plus souvent je monte dans ma chambre en prétextant des devoirs à finir. Même si pour l'essentiel j'écoute de la musique, lis des mangas, surfe sur le Web, me branche sur Netflix ou joue à la PlayStation. Puis ma mère et Léa montent se coucher. Mon père prétend n'avoir pas sommeil et reste un peu, le temps de boire un dernier verre, de fumer un cigare ou de regarder les infos du soir. Bien sûr il passe la nuit sur le canapé. Chaque matin en me levant je le trouve à la table de la cuisine, la gueule en vrac. Il met son réveil tôt pour être certain d'être le premier levé, et que personne ne le surprenne endormi là. Surtout Léa bien sûr. Ça arrive tout de même une ou deux fois, alors que ma sœur descend en pleine nuit pour boire un verre d'eau fraîche. Ou à cause d'une insomnie. Alors mon père lui raconte qu'il s'est endormi devant la télé, pourtant éteinte. Et décrète qu'il va rester avec elle jusqu'à ce qu'elle remonte. Quand elle finit par s'assoupir il lui tape doucement l'épaule et lui suggère de regagner sa chambre. Ce qu'elle fait en semi-somnambule, sans poser de question, grognant juste un peu qu'elle était bien là. À quoi mon père répond en expert qu'elle sera mieux dans son lit. Il l'accompagne à l'étage, lui dit à demain, la main sur la porte de la pièce où dort ma mère, attend que Léa entre dans la sienne et redescend. Chapeau l'artiste. Actors Studio.

Parfois dans la nuit j'entends Léa pleurer. J'entre sans frapper et la trouve assise sur son lit, prostrée et secouée de sanglots. Je m'allonge auprès d'elle. Je la serre dans mes bras. Lui caresse les cheveux. J'essaie de la rassurer. De la calmer comme je peux. Dans la nuit profonde, on parle à voix basse. Elle a rêvé qu'elle était encore là-bas. Elle a revu le visage de l'homme. Les caves des différentes maisons où il l'a traînée. Je lui dis : « Ça va aller, c'est fini maintenant », et toujours elle répond :
— Non, ce n'est pas vraiment fini. Pas vraiment. Mais tu ne peux pas comprendre.

D'autres fois c'est elle qui vient me trouver dans ma chambre. Elle a entendu du bruit. Un rôdeur. En se penchant à sa fenêtre elle a vu une ombre dans la rue, cachée derrière un poteau télégraphique. Ou dans le jardin, planquée derrière la petite cabane où nous rangeons le matériel de plage, le surf, un ou deux ballons, trois planches de bodyboard, les combinaisons. Je me penche à mon tour, il n'y a rien. Mais Léa ne parvient pas à se calmer. Elle est terrorisée. J'ignore ce qu'elle craint exactement.

Régulièrement elle me demande mon ordinateur. Le sien est toujours sous scellé. Et elle ne veut pas utiliser ceux de mes parents, de peur qu'ils fouillent dedans. Je me demande ce qui peut lui laisser penser que je ne le ferai pas de mon côté. Elle reste malgré tout sur ses gardes, efface systématiquement ses historiques de recherches, se déconnecte de sa messagerie après l'avoir utilisée. Il faudrait que je sois un expert en informatique pour apprendre quoi que ce soit. Ou compter sur un moment de négligence. Ce qui finit par arriver. Ce que j'apprends cet après-midi-là, alors qu'il pleut et que je suis seul à la maison ? Rien de déterminant. Bien sûr elle fait des recherches sur sa propre affaire. Examine tous les faits divers de la région. Scrute les articles. Ce que l'on raconte sur elle. Sur nous. Suit les inexistantes avancées de l'enquête. Rien de plus. Deux choses m'intriguent tout de même. Dans ses dernières recherches sur Google, le nom d'une fille revient avec insistance. J'ouvre les pages concernées et je tombe sur une autre affaire de disparition. Une adolescente de son âge. Qui s'est volatilisée quelques semaines avant elle. Et qu'on n'a toujours pas retrouvée. Mais qu'on cherche du côté de Saint-Nazaire, où elle vivait avant de s'évaporer. Autre chose : depuis son retour ma sœur n'a envoyé, au moyen d'une adresse que je l'ignorais posséder, qu'une dizaine de mails restés sans réponse, adressés à quelqu'un dont je n'ai jamais entendu parler mais qu'elle semble connaître, et à qui elle demande simplement de lui répondre. « Je suis revenue chez moi. Mais tu as déjà dû l'apprendre. Fais-moi un signe. Réponds-moi je t'en supplie. » Voilà tout ce que je trouve. Ces recherches et ces messages, seules tentatives d'entrée en relation avec l'extérieur. Aucune connexion à ses comptes Facebook ou Instagram. Ni à son ancienne boîte mail. Et elle n'a plus de portable. Quand les flics l'ont découverte elle n'avait plus le sien sur elle. Et ils ne l'ont trouvé nulle part dans la maison. Son ravisseur avait dû le détruire pour éviter qu'on la trace. Depuis son retour, elle n'a pas souhaité en avoir un nouveau. A dit à mes parents que de toute façon elle ne souhaitait avoir aucun contact avec qui que ce soit à part nous et Chloé, avec qui elle passe de plus en plus de temps à bavarder, pendant que je me fais balader par les vagues.

Plus que trois jours. Plus que trois jours, putain. Il faut que je me calme. Mes parents vont finir par se douter de quelque chose. Déjà qu'ils me trouvent bizarrement joyeuse. Ils doivent penser que c'est à cause du concert. S'ils savaient. Mais ils ne peuvent s'en prendre qu'à eux-mêmes. Surtout ma mère. Quelle salope. J'en reviens pas. Je ne peux plus la regarder dans les yeux. Ni mon père. J'ai mal pour lui.

Et puis merde. Je leur demandais pas la lune, bordel.

Plus que trois jours. J'ai tellement hâte. Je peux même pas y croire. Croire que je vais te serrer dans mes bras. Que je vais sentir ta peau contre la mienne. Ta langue dans ma bouche. Et ailleurs. (Même moi je rougis en écrivant ça. Et toi ?)

Ça a été tellement long. Des fois je repense à toutes ces semaines sans se voir autrement que par écran et je me demande comment j'ai fait pour tenir. C'est comme vivre en apnée. Une vie de morte-vivante. Et puis, j'ai eu tellement peur que tu t'éloignes. Que tu m'oublies. Que tu rencontres une autre fille. Ringarde, intello, timide comme tu aimes. Le genre à vouloir écrire des lettres par mail. À lire des romans tristes. À écouter de la musique avec des guitares dedans. À regarder des films chiants et des séries déprimantes. Le genre à se pointer en robe à fleurs au lycée.

Trois jours. Si j'explose pas d'ici là.

On fait comme on a dit.

J'entends déjà ta voix. Je sens déjà ta main sur ma joue. Et tes lèvres sur les miennes.

Ti amo.
Léa

Il pleut des cordes. La prof d'anglais est absente et j'ai fini plus tôt que prévu. Le prochain bus est dans trois heures. Je n'ai plus qu'à m'emmerder en perm ou à rentrer à pied. Une bonne heure sous une pluie battante, je ne sais pas pourquoi, ça me tente moyen. Je sors tout de même du lycée et tente le coup. J'appelle ma mère. Bim, elle décroche immédiatement. Me dit qu'elle est à l'hôpital. Elle attend que Léa ressorte de son rendez-vous, mais ce n'est pas pour tout de suite. Elle peut être là dans un quart d'heure. Vendu.

Trente minutes plus tard je suis avec elle dans la salle d'attente. Tout pue le détergent et les repas sous vide. On patiente des plombes face à la porte du médecin. Ma mère fait mine de consulter des magazines people vieux de plusieurs mois. Cela fait maintenant trois semaines que Léa est sortie et se rend ici tous les jours. Trois semaines que nous oscillons entre le soulagement de l'avoir retrouvée, l'inquiétude de la voir si faible et friable, et l'impatience de savoir enfin ce qui lui est exactement arrivé. L'enquête patine. Les flics prétendent que tant qu'elle ne consentira pas à leur parler rien ne pourra vraiment avancer. Qu'elle détient des éléments clés. Conformément aux instructions des psys, mes parents s'interdisent de l'interroger de leur côté. Même si ça les rend dingues. Ma mère n'arrête pas de partir en vrille, de piquer des crises de nerfs que mon père tente de calmer comme il peut. Combat perdu d'avance. Parce que c'est précisément ce calme, cette « résignation » disait-elle, qui a tant excédé ma mère durant les mois qui ont précédé. La confiance qu'il accordait aux enquêteurs. Sa façon de rationaliser. De tenter de la canaliser quand elle partait dans des délires. Formulait les hypothèses les plus noires. Aujourd'hui cette attitude la met d'autant plus hors d'elle qu'en définitive, c'est elle qui avait vu juste. Léa a bien subi un des pires scénarios envisageables, et nous ne devons qu'à un foutu miracle, un cueilleur de champignons attentif aux cris qui s'échappaient d'une maison aux volets fermés, de l'avoir ramenée parmi nous. Je suppose aussi que la comédie de cette vie familiale retrouvée, l'obligation de vivre vingt-quatre heures sur vingt-quatre avec mon père, de restreindre au maximum ses contacts avec Alain lui tapent sur les nerfs. Sur ce point j'ignore comment elle s'y prend. Si, au prétexte de faire une course, elle part le retrouver en douce, pour une petite heure crapuleuse volée ici ou là. Comment lui-même vit cette situation. Mais à vrai dire je n'en ai rien à battre. Il peut bien aller se faire foutre. Tout ce que je sais c'est que ma mère pète régulièrement les plombs. Malade d'angoisse à l'idée de ce que Léa a pu vivre. Des conditions dans lesquelles elle a été détenue. De ce que ce type lui a fait. Qu'elle imagine d'autant plus grave que Léa refuse toujours d'en parler. Même à la psy aux dernières nouvelles.

La porte du bureau finit par s'ouvrir. Une femme en blouse en sort. Je la dévisage. C'est le portrait, vieilli, de Chloé. Mêmes yeux aux coins desquels s'ajoutent des rides en étoile. Même chevelure dont la couleur naturelle a laissé place à une teinture. Même nez légèrement retroussé. Mêmes taches de son sur des joues plus relâchées. Pour un peu je pourrais me mettre à kiffer les vieilles. Ma mère se lève pour lui serrer la main puis demande à s'entretenir avec elle, sur un ton pète-sec qui laisse peu de marge à la négociation. La psy esquisse une grimace emmerdée. Elle est piégée. Tente d'esquiver mais, devant l'insistance de ma mère, finit par accepter. Il faut dire que ma mère peut être très chiante quand elle veut. C'est-à-dire souvent. Ma sœur sort du bureau à son tour, referme la porte derrière elle et s'écroule sur la chaise en face de la mienne. Elle ne m'adresse pas le moindre regard, s'isole aussitôt dans la musique de son iPod. J'ai l'habitude. Elle sort toujours de ces séances complètement stone. Il n'y a que la mer et Chloé qui aient le pouvoir de la régénérer un minimum. Je la laisse à sa musique, ferme les yeux, me penche en arrière, la tête appuyée contre le mur. J'entends des voix. Je tourne légèrement le visage sur la gauche. J'entends mieux encore. Saisis des bribes de ce qui se dit à l'intérieur. Des phrases tronquées que je parviens sans peine à recomposer. La psy rappelle à ma mère qu'elle ne peut en aucun cas lui faire part de ce qui s'échange pendant ces séances. Mais consent à lui certifier une chose : pour le moment Léa n'évoque pas sa détention.

— Mais alors de quoi vous parlez ? glapit maman.
— De son retour. De sa réadaptation. De sa vie au sein de votre famille. De ce qui y a changé pendant qu'elle était absente.
— Comment ça, ce qui a changé ?
— Je ne sais pas. C'est à vous de me le dire.

Puis c'est le silence. La mère de Chloé n'ajoute pas un mot. La mienne non plus. La porte s'ouvre brusquement et je la vois sortir du bureau en furie. Ma sœur et moi, nous lui emboîtons le pas, la suivons sur quelques mètres, longeons des bureaux vitrés, des portes fermées, des rangées de chaises où patientent des malades ou leurs proches, croisons des légions d'infirmières, d'aides-soignants, de chirurgiens, mais très vite elle semble perdue, ne sait plus quel couloir emprunter, quelle porte pousser, comment se rendre à l'accueil et quitter l'hôpital. C'est Léa qui nous guide jusqu'à la voiture. Ma mère nous suit désormais en silence, bouleversée. Je me retourne à plusieurs reprises, lui lance des regards inquiets auxquels elle ne répond pas. Je vois bien qu'elle est tendue à l'extrême, au bord de l'explosion. Doit ressasser les mots que la psy vient de prononcer. Et qui me bourdonnent dans le cerveau moi aussi. Qu'est-ce que la mère de Chloé a voulu dire par « changements dans la famille » ? De quoi Léa a-t-elle bien pu parler ? De la séparation ? De l'appartement où ma mère n'a pas mis les pieds depuis son retour ? De ce trouduc d'Alain ? Comment aurait-elle appris quoi que ce soit à ces sujets ? Toutes ces questions doivent se presser sous son crâne, s'y déverser en trombe, y déclencher une véritable tempête. D'autant que ces derniers jours Léa est devenue plus distante avec elle qu'avec mon père. Elle s'irrite dès que maman lui adresse la parole, l'envoie chier quand elle s'inquiète de son état. Jusqu'à aujourd'hui j'ai mis ça sur le compte de l'étouffement. Ma mère est aux petits soins, rongée d'angoisse, toujours sur son dos. Mais il y a peut-être autre chose. Une rancœur. Un dégoût.

Il fait doux ce soir. Nous nous sommes installés au jardin. Mes parents sont contents de pouvoir dîner dehors. C'est la première fois cette année. Et c'est un miracle. Même en été on se gèle tellement à la tombée du soir par ici que manger sur la terrasse demeure un événement. À tel point que tous les voisins font pareil. On entend de jardin en jardin se répandre le cliquettement des couverts, le tintement des verres, le plop des bouteilles qu'on débouche. Quelques rires étouffés. Des éclats de voix. Des lambeaux de conversations. À notre table la discussion roule sur l'actualité. Ma mère s'indigne qu'un homme politique en vue, au cœur d'un énième scandale du genre, ait menti à tant de reprises ces dernières semaines, qu'il ait manqué à sa propre parole. Mon père hausse les épaules. Alors elle s'échauffe toute seule, établit des parallèles avec des personnalités politiques du passé, leurs turpitudes diverses. Remonte même jusqu'à Mitterrand et sa double vie, sa femme et son enfant cachée. La comédie qu'il jouait devant les médias. Et comment son épouse légitime a pu supporter un truc pareil ? Même moi je vois bien qu'elle marche sur des œufs sans s'en rendre compte, s'aventure sur un terrain glissant, complètement absorbée par son discours. Je sens Léa se tendre. Je la surveille du regard. Elle semble excédée. Elle l'est toujours ces derniers temps dès que maman ouvre la bouche, émet un avis, déroule une idée, ou simplement s'adresse à elle. J'essaie de détourner la conversation. Mais ça ne prend pas. Personne ne m'écoute. La politique les absorbe. Ils se chamaillent comme le vieux couple qu'ils sont et ne sont plus à la fois.

— Et toi, tu comptes la jouer longtemps, ta comédie ? grince soudain Léa.

Mes parents se figent. La regardent stupéfaits. Le temps semble soudain arrêté. Ils lui demandent de répéter et elle ne se fait pas prier. Sa voix est d'une dureté, d'une clarté que nous ne lui avons pas connues depuis son retour. Même son regard, sa façon de se tenir en sont soudain transformés. D'un ton sec elle demande à nouveau à maman si elle compte la jouer longtemps, sa « putain de comédie ». Si elle la croit aveugle. Ou complètement conne.

— Combien de temps papa va devoir supporter tout ça, dormir sur le canapé, faire semblant ? Pourquoi t'assumes pas ? Pourquoi tu rentres pas dormir chez toi, dans ton putain d'appartement ? Ou te faire baiser par ce gros con d'Alain ?

Un silence de fonte nous cloue à nos chaises. Je regarde mes parents. Ma mère effondrée. Mon père complètement dépassé. Mais c'est lui qui s'y colle. Je l'entends bafouiller d'une voix livide qu'ils comptaient lui en parler. Qu'ils ne voulaient pas la perturber. Tout est suffisamment difficile comme ça. Léa quitte la table sans un mot. Quelques secondes plus tard j'entends son pas dans l'escalier. Le verrou de la porte de sa chambre qu'elle ferme à double tour. Un long cri de rage. Puis à nouveau le silence. Ma mère se lève. Grimpe à l'étage. Mais elle a beau tambouriner, sa fille refuse de lui ouvrir.

— Léa, ouvre-moi. Léa, il faut qu'on parle. Léa, ouvre ou ton père va défoncer la porte !

Mais rien ne se passe. Léa reste enfermée. Mutique. Au bout d'un long moment ma mère finit par redescendre au salon, où nous nous sommes repliés, mon père et moi, après avoir débarrassé la table. Ma mère me fusille du regard.

— C'est toi qui lui as dit ?

La colère froide qui passe dans ses yeux me fige sur place. J'ai beau nier, rien ne l'apaise. Il lui faut un coupable. N'importe qui sauf elle. Je lui répète que ce n'est pas moi. Que je n'ai aucune idée de la façon dont elle a pu l'apprendre. Et c'est la pure vérité. Comment pourrait-il en être autrement ? Léa ne parle à personne à part nous et Chloé.

Chloé…

Bien sûr.

Ça me vient comme une illumination. Mais je la garde pour moi.

Chloé, évidemment. Elle vit ici elle aussi, dans ce village où en dehors de l'été on croise toujours la même poignée de voisins et de commerçants, où tout se sait. Combien de fois a-t-elle dû voir ma mère se promener avec Alain sur la plage ? Combien de fois l'a-t-elle vue se garer devant l'immeuble où elle a son appartement désormais, avant d'y entrer ?

— Alors comment l'a-t-elle appris si ce n'est pas par toi, tu veux bien me le dire ?

Je ne réponds rien, me contente de hausser les épaules. De nouveau ma mère me lance un regard furieux. Secoue la tête avec une moue de dégoût. Ce n'est pas son genre mais pour un peu je ne serais pas étonné qu'elle me colle une gifle.

— Laisse-le tranquille ! explose soudain mon père. S'il te dit que c'est pas lui. Et puis merde ! Tu pensais qu'on allait tenir longtemps comme ça ? Qu'on allait te couvrir pendant des années ? Et ton agent immobilier, tu crois qu'il est prêt à accepter ça encore longtemps ? Tu dois lui manquer, le pauvre chéri !

Ma mère est sidérée. Crucifiée. Elle prend le temps d'encaisser, complètement sonnée. Puis enfin elle se lève, attrape sa veste et ses clés et se tire en claquant la porte.

Où va-t-elle ? Chez Alain ? Chez elle ? Je n'en sais rien et à vrai dire je m'en fous. À cet instant je ne pense qu'à Léa, enfermée dans sa chambre. À ce qui doit se tramer dans son cerveau. À tout ce qui la ronge.

— C'est moi. Maman est partie.

Je cogne encore une fois à sa porte. Elle finit par me laisser entrer. Mon ordinateur est ouvert sur son bureau. À nouveau sur l'écran s'affiche le nom de cette fille qui a disparu près de Saint-Nazaire.

— C'est qui ? je demande en désignant le Mac.
— Personne. Quelqu'un comme moi. Je ne sais pas. Elle a mon âge. Elle a disparu. Alors forcément…

Elle ne termine pas sa phrase mais je vois son regard se voiler. Et sa voix s'est légèrement étranglée en prononçant ces mots. Elle me fait signe de la rejoindre sur le lit. Je m'allonge près d'elle. Nos deux corps parfaitement droits et parallèles. Les yeux rivés au plafond. Comme quand on était gosses et qu'on se racontait des histoires qui foutent les jetons. Je lui demande si c'est Chloé qui lui a appris pour maman. Elle acquiesce.

— Elle m'a juste dit qu'avant mon retour elle vivait dans son propre appartement, et qu'elle avait un nouveau mec. Mais elle ne m'a pas confié qui c'était. J'y suis allée au bluff. Je ne savais même pas que je me souvenais de son prénom, à ce tocard. Ça m'est revenu d'un coup, au moment de le dire.

— Comment tu as deviné que c'était lui, alors ?

Ma sœur me regarde dans les yeux et me répond :

— Crois-moi, tu préfères pas savoir.

Voilà. Je ne sais pas comment parler de tout ça. Je crois que j'en suis tout bonnement incapable. Et je ne suis pas sûre de le vouloir. Mais je voulais te dire que je suis rentrée chez moi. J'imagine que tu es au courant. Ils en parlent partout à la télé. Dans les journaux. En arrivant à la maison, je pensais qu'un message de toi m'attendrait. Des tonnes, même. Mais rien. J'ai essayé de te contacter par Skype. Apparemment tu n'étais pas disponible. Fais-moi signe. Écris-moi. Appelle-moi. Comme tu voudras.
Léa

Finie la comédie. Désormais ma mère rentre chez elle après le dîner. Parfois même avant. Ne débarque qu'en milieu de matinée. Ou rejoint Léa et mon père là où ils se trouvent. Sur une plage. Le sentier des douaniers. Un bord de falaise. Ils ne font plus semblant. Ne s'appellent plus par leurs petits noms ridicules, « chouchou », « mon lapin », « mon cœur ». Ceux d'avant la rupture. Hier ma mère a proposé à Léa de venir visiter son appartement, d'y passer une soirée ou même une nuit, mais ma sœur l'a envoyée chier. Elle a aussi refusé de rencontrer Alain, le temps d'un dîner ou d'un verre sur la plage. Seule avec elle dans sa chambre, maman a de nouveau essayé de se justifier, de lui expliquer ce qui s'était passé. Comment avec mon père les choses s'étaient fracassées contre le mur de la peur et du chagrin causés par sa disparition, comment ils n'arrivaient plus à parler puisque mon père refusait d'évoquer le seul sujet qui importait. Le réconfort et l'écoute dont elle avait eu besoin. Mais très vite ma sœur lui a hurlé de la fermer. Elle ne voulait rien savoir.

— Tu baises avec qui tu veux, je m'en fous ! La seule chose qui me dégoûte, c'est que tu te sois servie de moi. Que tu aies trouvé cette excuse pour justifier tes histoires de cul. C'est dégueulasse de me faire porter la responsabilité d'un truc pareil !

Ma mère est ressortie en larmes. J'ai tout entendu à travers la cloison et ça m'a déchiré. Surtout qu'après ça elle est descendue au salon où mon père lui a passé un savon. Qu'est-ce qu'elle foutait à emmerder Léa avec cette histoire ? Elle ne pensait qu'à sa petite culpabilité de merde. Ils avaient d'autres chats à fouetter, non ? Léa n'avait toujours pas dit un mot de ce qui s'était passé pendant tous ces mois. Les flics perdaient patience. Les médecins assuraient qu'ils avançaient, répétaient qu'il fallait lui laisser du temps mais tout s'éternisait. Tout s'enlisait. Les questions sans réponse. L'enquête. Ses terreurs nocturnes, son état léthargique la plupart du temps. La lueur d'effroi qui traversait son regard chaque fois que mon père l'entreprenait sur le sujet :

— Tu sais, tu peux tout nous dire, à la police, à nous, on est prêts à tout recevoir, tu n'as rien à craindre de personne.

Il prononçait ces mots avec douceur, en prenant mille précautions, même si aux yeux de la psy ils étaient encore de trop.

Il n'y a pas de vagues aujourd'hui. Quand nous sommes arrivés à la plage, la promenade était déserte. Léa m'a demandé de la raccompagner à la maison. J'ai fait l'aller-retour en vitesse et me suis foutu à l'eau. Je me laisse dériver en ne pensant à rien. Des cormorans glissent à la surface comme des canards, avant de plonger vers le fond à la poursuite d'un poisson. Au loin le ciel se fait menaçant. D'énormes nuages anthracite gagnent peu à peu du terrain. Se goinfrent de bleu. L'engouffrent. D'un œil je guette vaguement Chloé. Et elle apparaît. Merde alors. Je savais pas que j'avais des superpouvoirs. Elle me fait signe. Je sors de l'eau et la rejoins. Effleure sa joue de mes lèvres.

— Je crois que c'est mort pour aujourd'hui, je lui dis. On dirait un putain de lac.

Je me sèche rapidement et m'assieds à ses côtés. On discute de tout et de rien et très vite, comme souvent, la conversation dévie sur ma sœur. Le jour où Léa a été retrouvée, Chloé m'a confié en guise d'explication à tout ce qu'elle savait et que nous ignorions que sa mère était du genre bavarde, qu'elle avait tendance à lui raconter des tas de trucs qui n'auraient jamais dû sortir de son bureau. Sur ce point aussi, la fille ressemble à la mère. C'est ce que je me dis en l'écoutant aujourd'hui. De qui tient-elle tout ce qu'elle me raconte ? De Léa ou de sa mère ?

— Si ta sœur en veut autant à ta mère, m'explique-t-elle, c'est qu'elle pense qu'elle ment sur toute la ligne. Que les choses ne se sont pas du tout passées comme elle les présente. En fait, Léa l'a vue avec ce mec bien avant sa disparition. Un jour elle les a même pris en flag en train de s'embrasser.

— Et alors ? Qu'est-ce que ça change ?

— Eh bien ça change que tout ça a commencé bien avant qu'on l'enlève. Et que ce qui lui est arrivé n'a joué aucun rôle là-dedans. Ni ça ni les prétendues réactions de ton père. Léa est persuadée que toutes ces excuses bidon qu'a balancées ta mère, c'est du pipeau, qu'elle a juste profité de l'occasion. En tout cas, c'est comme ça que ta sœur formule les choses.

Je regarde Chloé sans pouvoir esquisser le moindre geste ni prononcer le moindre mot. Une carpe au regard vitreux, voilà à quoi je dois ressembler en essayant d'encaisser tout ça. La façon dont ma sœur voit les choses. Ce qu'elle a confié à l'oreille de Chloé ou dans le secret du bureau de sa mère... Donc, en gros, si je résume, selon Léa notre mère a lâchement profité de son enlèvement et sa séquestration pour vivre au grand jour une relation adultère pathétique avec un connard d'agent immobilier. Et une fois sa fille rentrée elle a fait porter sur ses épaules la dislocation de la famille. Voilà ce qu'elle a fait, d'après elle, en plus d'avoir trouvé l'énergie de vivre une histoire de cul au milieu du désastre, de la terreur et du semi-deuil qui nous étaient imposés.

Chloé voit bien que j'accuse le coup. Que je suis en train de flancher. Elle me prend la main. Je pose la tête sur son épaule et laisse couler des larmes chétives. Un ruisseau de pleurs presque à sec, qui me brûle les yeux. Elle se colle contre moi, passe son bras derrière mon dos, me serre un peu. Puis elle effleure mes cheveux. Écarte une mèche. Plante son regard dans le mien. Nos visages se touchent presque. Sans réfléchir j'approche mes lèvres des siennes. Juste avant qu'elles ne se collent elle s'écarte et me fait en rigolant :

— Oh oh, vous êtes bien téméraire, jeune homme.

Putain. Je suis mort de honte. Sous mon jean, ma queue est tendue à craquer, douloureuse. J'ai plus qu'à me trouver une pelle, à creuser profond et à m'enterrer.

Chloé me regarde en secouant gentiment la tête.

— Attends, fais pas cette tronche. Je t'aime bien tu sais. Même si t'es un peu jeune pour moi. Mais le prends pas pour toi. C'est juste que mon truc, c'est plutôt les filles, tu vois.

Nous nous séparons quelques minutes plus tard. Je rentre à pas lents. Ce que m'a dit Chloé au sujet de Léa, de ma mère, d'elle-même, tout ça bruisse sous mon crâne comme un frelon taré qui se cognerait à l'aveugle aux parois d'une boîte close, et je ne sais pas quoi en faire. La seule solution, ce serait de me remettre à l'eau mais il est déjà tard. J'arrive à la maison, monte directement dans ma chambre, déclare que je n'ai pas faim. Puis je tue le temps en écoutant de la musique et en relisant des mangas. Au bout d'un moment j'entends Léa grimper les marches. Puis ma mère quitter la maison. Mon père doit être installé au salon. Je suppose qu'il se grille un cigarillo en sirotant son whisky. Ou qu'il surfe sur le Web, à la recherche d'un conseil quelconque, d'un truc à dire ou à faire qui pourrait venir en aide à Léa. Soudain j'entends ma sœur sangloter. Comme chaque jour ou presque.

Je la rejoins. M'allonge près d'elle et lui tiens la main. Elle finit par se calmer. Sombre lentement dans le sommeil. Je la regarde allongée sur le flanc près de moi, le corps recroquevillé. Pourquoi pleure-t-elle ainsi la nuit ? Se repasse-t-elle en boucle le film de ces mois enfermée ? De ce que lui a fait ce type ? Pourquoi est-elle si effrayée à l'idée de se trouver seule, isolée ? Pourquoi refuse-t-elle de parler à la police ? À qui adresse-t-elle ces messages sans jamais recevoir le moindre signe en retour ? Qui est cette fille dont la disparition dans les environs de Saint-Nazaire l'obsède ?

Tant de phrases impossibles à prononcer. D'interrogations à me vriller le cerveau. Depuis des semaines nous tentons pourtant de faire bonne figure, de vivre le plus normalement possible. Mais rien n'est normal. Mes parents ne travaillent plus, font reconduire à l'infini leurs arrêts maladie. Nous ne voyons personne, passons le plus clair de notre temps à la maison ou au bord de la mer. Seul le lycée m'offre une parenthèse. Une longue plage d'ennui qui me détourne pour quelques heures de ma sœur, de son état léthargique, de ses minces sourires, de ses larmes, de son silence face à la mer. Mes grands-parents, mes tantes, tous appellent pour savoir comment va Léa, s'ils peuvent venir pour le week-end, l'Ascension, la Pentecôte, mais ma mère refuse, décrète que ma sœur n'est pas prête, prétexte que la psy s'y oppose. J'ignore si c'est vrai. Ou si elle redoute que Léa se confie à quelqu'un d'autre que nous. Si elle craint que sa famille découvre à son tour qu'elle a quitté le domicile et vit désormais une histoire avec un type, que tout cela s'est passé pendant la disparition de Léa, et a débuté bien avant à l'en croire. Ma mère a toujours tenu à paraître irréprochable. Parfaite. C'est dans son caractère. L'étoffe dont elle est faite. Ça me paraît soudain si puéril. Ces cachotteries. Cette façon de s'accrocher aux apparences. Tellement déplacé dans le contexte où nous vivons depuis des mois. Il me semble la voir telle qu'elle est vraiment tout à coup. Comme je vois désormais clair dans le jeu de mon père. Ses fêlures. Sa façon de se refermer sur lui-même. D'éviter les confrontations. Les questions épineuses. D'éviter tout ce qui pourrait le faire tomber en poussière. Parfois je le regarde et je me dis qu'au fond il redoute de trouver les réponses à toutes ces questions qui nous hantent. Redoute d'avoir à y faire face, à trouver les mots, les gestes qu'il faut et d'en être incapable. Obscurément, j'ai la sensation que c'est à moi de prendre tout ça en charge. De glaner des informations auprès de Chloé. De consoler Léa la nuit. De l'écouter quand il lui prend l'envie de se livrer un peu. À moi aussi qu'il revient de maintenir le contact avec Jeff. Je l'appelle une fois par semaine, lui donne des nouvelles de Léa. Régulièrement il demande à lui parler et je la lui passe. Alors j'entends ma sœur à travers la cloison. Elle ne dit pas grand-chose. Je crois qu'au bout du fil, il est en larmes. Elle répète juste que ce n'était pas sa faute à lui. Mais seulement la sienne. Elle a pensé qu'il ne reviendrait pas, qu'il passerait la nuit avec cette fille, alors elle a tenté de rentrer par ses propres moyens, fait du stop et a fini par tomber sur la mauvaise personne. C'était absurde de sa part, elle aurait dû lui faire confiance. Bien sûr, même moi je sens en entendant ces mots qu'elle ne dit pas tout, qu'il y a un truc qui cloche dans son histoire. Pourquoi se serait-elle barrée avant la fin du concert ? Jeff nous a toujours juré qu'il était revenu au bout de quatre ou cinq chansons seulement, ainsi qu'il avait promis à Léa de le faire. Pourquoi a-t-elle quitté le festival alors qu'un de ses groupes préférés jouait encore ? Pourquoi n'a-t-elle pas appelé mon père pour qu'il vienne la chercher ? Ou n'a-t-elle pas attendu la navette qui reliait le site à Saint-Malo, d'où elle aurait pu prendre un taxi pour regagner la maison ? Tant de questions. Si peu de réponses. Le sommeil sera long à venir.

Je ne comprends pas. Pourquoi tu ne réponds pas ? Pourquoi tu ne décroches pas quand je t'appelle ? Pourquoi tu ne m'adresses pas le moindre signe ? Je t'en supplie. Écris. Appelle. C'est déjà si difficile. J'ai besoin de toi. J'ai besoin de savoir que tu ne m'as pas oubliée. Que tu ne te fous pas de ce qui m'est arrivé. Que tu t'inquiètes. Que tu en as encore quelque chose à carrer de moi.
Léa

Je sors du cours de français. Me dirige vers la sortie du lycée en regardant l'heure histoire de pas louper le bus, quand j'entends la voix de Chloé dans mon dos. C'est la première fois qu'un truc pareil se produit. Qu'elle m'adresse la parole au lycée. De toute façon nous n'en avons jamais vraiment l'occasion. Je l'aperçois parfois dans la foule des élèves mais c'est tout. Elle me colle une bise sur la joue. Je rougis comme un con. Regarde autour de moi pour vérifier que personne ne nous observe. Je ne sais pas pourquoi. C'est débile.

— Comment va ta sœur ? me demande-t-elle. Ça fait longtemps que je ne l'ai pas vue.

— Ouais. Elle se sent pas bien depuis le début de la semaine. Elle dit qu'elle a mal au bide. Un genre de virus. Mais si tu veux mon avis c'est surtout dans sa tête qu'à nouveau ça déraille. C'est toujours la même chose. Pendant quelques jours elle semble aller mieux. Puis c'est la rechute.

Chloé me fixe de ses grands yeux liquides. Je crois que je pourrais passer ma vie à la regarder. Que ça pourrait me suffire. Un instant elle semble hésiter. Puis se lance :

— Ça ne m'étonne pas. Vu ce qui est sur le point de se passer.

— De quoi tu parles ?

— Ça y est. Elle a accepté de parler aux enquêteurs. Ça aura lieu dans une semaine, je crois. Au cabinet de ma mère, sous son contrôle. Léa refuse d'aller au commissariat. Elle a obtenu qu'ils gardent secrète la date de l'entretien. Et aussi ce qu'elle va leur dire. Rien ne devra fuiter. Ni dans la presse ni même chez vous.

Putain. On y est. Ça fait des semaines qu'on attendait ce moment et maintenant qu'il arrive, je crois qu'il me terrorise. Autour de nous des nuées d'élèves se dirigent vers la sortie. Certains nous regardent bizarrement, avec des airs entendus. Mais je suis peut-être parano.

— Tu sais ce qu'elle va leur dire, aux policiers ? je lui demande.

— En partie. Maman dit qu'elle a enfin capté ce qui retenait ta sœur. Mais elle a fini par la convaincre. Cela dit ce n'est pas encore gagné. Elle est morte de peur. Parce qu'elle n'est pas la seule personne en jeu, tu vois.

— Comment ça ?

— Elle a peur pour vous. Je n'en sais pas beaucoup plus. Pour une fois ma mère est restée floue. Le seul truc un peu précis que j'ai tiré d'elle, c'est que le type répétait qu'il savait où vous viviez. Et qu'il passait son temps à la menacer de venir vous faire du mal si elle essayait de s'enfuir. Mais je crois qu'il y a quelqu'un d'autre dans la boucle.

Elle n'en dit pas plus. Prend ma main dans la sienne et plante son regard dans le mien. Deux terminale nous sifflent en passant. Un autre m'apostrophe :

— Vas-y, Antoine. Attaque.

Léa avait raison. Il y a un bon paquet de demeurés dans ce bahut. Chloé a l'air de s'en foutre. Elle effleure mes cheveux, écarte une mèche qui me barre les yeux, passe sa main sur ma joue.

— Prends bien soin d'elle. Je l'aime beaucoup, tu sais. Je m'en fais tellement pour elle. Embrasse-la de ma part quand tu rentreras.

Sa voix s'est brisée en disant ça. Je la regarde repartir vers les salles de cours. Putain ce qu'elle est belle. Même de dos. Ses cheveux. Sa démarche. Je sais pas. J'aime tout de cette fille. Je peux pas m'empêcher de me dire que j'en retrouverai jamais une autre pareille. Et que je suis destiné à être à jamais ce type qui aime une fille qui aime les filles. Je reprends peu à peu mes esprits. Me décide enfin à me bouger le cul. Mais quand j'arrive à l'arrêt de bus, il n'y a plus personne. J'ai dû le louper. Je regarde l'heure. Cinquante minutes à tirer avant le prochain. J'ai pas envie d'aller glander en perm, ni au CDI. Alors je passe la grille et je tue le temps en marchant dans les rues. Des rues banales bordées de pavillons ordinaires. En plus il se met à pleuvoir. De quoi refiler à n'importe qui un bourdon de classe internationale.

Quand je rentre à la maison, il est déjà tard. Après que le bus m'a déposé devant la mairie je suis allé marcher un peu sur la plage. Ça m'a fait du bien de sentir le vent salé me récurer les poumons. De m'abandonner à la beauté du paysage. Ça m'a calmé un peu.

Des fois je me dis que si on n'était pas venus vivre ici rien ne serait arrivé. Mais que si on n'y vivait pas je serais devenu complètement dingue avec cette histoire. Que mes parents comme moi, c'est la mer qui nous a sauvés de la folie.

Au salon, mes parents sont en pleine discussion. Ils s'engueulent encore sur la politique. À les voir comme ça je me demande ce qui les distingue de la plupart des couples. S'ils ne vont pas finir par se remettre ensemble. Ils s'interrompent en me voyant débarquer.

— On t'attendait. Le repas est prêt.

Mon père gravit quelques marches de l'escalier pour appeler Léa mais elle ne répond pas. D'un signe de tête il me demande d'aller la chercher. Je monte. Toque à sa porte. Rien. J'ouvre et la trouve sur son lit. Assise en boule, ses bras encerclant ses genoux, elle se balance d'avant en arrière, le regard égaré, le visage baigné de larmes. Comme des semaines plus tôt, ce jour où nous nous étions réfugiés sur la plage, attendant que les flics dégagent les vautours qui planquaient devant notre maison. Je ressors. Remplis un verre d'eau à la salle de bains et fouille parmi les médicaments, trouve le Xanax et retourne dans la chambre. Je lui tends le cachet et le verre et elle l'avale comme un zombie. Ses yeux restent fixes. Je l'aide à s'allonger et la borde en lui caressant les cheveux. Puis je mets un disque de Laura Marling et lui tiens la main jusqu'à ce qu'elle s'endorme.

Quand je ressors de la chambre une heure plus tard, mes parents m'attendent en bas de l'escalier. Ils m'interrogent du regard.

— Elle est fatiguée. On a parlé un peu et maintenant elle dort. Elle a juste besoin de se reposer je crois.

Mon père fait réchauffer nos assiettes au micro-ondes, les yeux rivés sur le plateau qui tourne dans la lumière. Nous mangeons dans un silence total. Ma mère est au bord de l'effondrement. Mon père lui touche l'épaule et elle baisse la garde, rend les armes, se laisse tomber contre lui.

— Tu veux rester ici ce soir ? lui demande-t-il doucement.

La bouche de ma mère forme un oui qui peine à émerger du silence.

Le lendemain matin, je prends mon petit déj et je vois mes parents descendre ensemble de leur chambre, le teint livide, les yeux cernés. Des pandas. Je ne sais pas ce que ça me fait de savoir qu'ils ont dormi ensemble dans le même lit. Et puis je repense à la veille. À Alain que j'ai croisé en rentrant de la plage. À la froideur inhabituelle avec laquelle il a répondu à mon salut. Pour une fois il n'a pas joué la comédie habituelle du futur beau-père qui fait copain-copain avec le fils de sa nouvelle compagne. Mais je me fais peut-être des idées.

Réponds, merde. T'as peur de quoi ? Que je t'en veuille parce que tu n'as rien dit ? Que je te saoule avec tout ce que j'ai vécu ? De pas savoir faire face ? De pas être à la hauteur ? T'as peur de pas me reconnaître ? Que j'aie changé ? Qu'on m'ait abîmée ? Tu te sens coupable ? Lâche ? Tu m'aimes plus ? Tu m'as rayée du paysage ? Tu m'as oubliée ? Moi je ne t'oublie pas. Pas encore.
Léa

Ces derniers jours, ma mère n'est pas rentrée chez elle. Et elle a passé toutes les nuits dans le lit de mon père. En rentrant du lycée en fin d'après-midi, installé au fond du bus, j'ai jeté un œil à son appartement. Il y avait un panneau « À louer » collé aux fenêtres. Depuis quand il était là ? En arrivant à la maison je suis entré dans la chambre des parents puis dans la salle de bains et j'ai trouvé toutes les affaires de ma mère à leur ancienne place, rangées comme avant. Un peu plus tard j'ai demandé à Léa si ça ne la foutait pas en rage que maman soit là tout le temps et elle a haussé les épaules, avant de lâcher :

— Maman a quitté Alain la semaine dernière. Enfin, c'est lui qui l'a quittée. Avec papa ils refont un « essai ».

Elle a formé le signe des guillemets avec ses doigts. Je me suis foutu de sa gueule et j'ai vu un sourire se former sur ses lèvres. Léa a toujours détesté les gens qui font ce geste.

Pendant tout le dîner je n'ai pas pu m'empêcher de fixer les parents. Je n'en reviens pas qu'ils ne m'aient rien dit. Je sais bien que Léa occupe toutes leurs pensées mais quand même. Parfois j'ai l'impression d'être sorti de leur champ de vision depuis son retour. Ils ne me questionnent plus sur rien. Ne me font plus aucune remarque.

— Qu'est-ce que t'as à nous regarder comme ça ? a fait mon père. Tu veux notre photo ?

— Rien, j'ai répondu. Laisse tomber.

Et puis j'ai quitté la table sans dire un mot. Ils ont dû se demander ce qui me prenait. Une fois dans ma chambre, j'ai maté *13 Reasons Why*. J'ai enchaîné les épisodes en espérant finir par trouver le sommeil. Et pour une fois ça a marché. C'est pourtant demain que Léa est censée parler aux flics, dans le secret du bureau de sa psy. Du moins d'après Chloé. Je me suis quand même écroulé vers vingt-trois heures, en plein milieu d'un moment crucial, et j'ai dormi d'une traite. C'est le cri de Léa qui m'a réveillé.

Je me précipite dans sa chambre et la trouve debout à la fenêtre.

— Il est là. Je l'ai vu.

Sa voix est déformée par la peur. Je la rejoins et regarde dehors à mon tour. La rue est plongée dans la pénombre. Les éclairages des routes principales n'y parviennent qu'indirectement, au gré des ruelles où la lumière s'engouffre avant de faiblir. On ne distingue que les premiers croisements. Puis tout se fond dans la nuit.

— Où ça ? je demande.

Elle tend son doigt vers un poteau, tremblant de tout son corps, dans un état second. Je jette encore un œil mais il n'y a rien. Je hausse les épaules. Tente de la rassurer. À nouveau elle se penche, scrute longuement l'obscurité.

— Tu vois, il n'y a personne. Absolument personne.
— Il était là. Je te dis qu'il était là. Il est parti. Mais je te jure qu'il était là !

Je saisis sa main et la tire jusqu'à son lit. Elle se laisse faire, molle et perdue. Je l'aide à s'allonger tandis qu'elle marmonne. Parle toute seule. Égarée dans son délire.

— Il l'avait dit. Qu'il me retrouverait. Qu'il viendrait. Qu'il vous ferait du mal.

Je lui répète qu'elle a rêvé. Qu'il n'y a personne. Je peux sortir vérifier si elle veut. Réveiller papa. Lui dire d'aller voir.

— Il va le tuer.
— Papa ? Ça, c'est sûr que s'il croise ce type et qu'il en a la possibilité, il lui fera cracher ses dents.
— Non. Le type. Il va tuer papa. Il va te tuer. Il va tous nous tuer.
— Écoute, je réponds, s'il avait voulu le faire, ce serait déjà fait. Si vraiment il est ici, qu'il sait que nous y vivons, franchement, il n'a qu'à entrer pendant la nuit et nous flinguer dans notre sommeil. Tu te fais des idées.

J'ignore où je trouve la ressource de lui dire des choses pareilles. De rationaliser.

— Je ne pourrai jamais.
— Tu ne pourras pas quoi ?
— Parler aux flics. Leur raconter. Si ça fuite… il la tuera. Et viendra nous trouver.
— Il la tuera ? Qui ça ?
— Elle. Sofia.

— Sofia ? Sofia qui ? La fille qui a disparu à Saint-Nazaire ?

— Comment tu sais ça ?

— J'ai vu sur l'ordi que tu faisais des recherches sur elle. Tu la connais ? Elle était avec toi ?

Léa acquiesce avant de fermer les yeux et d'éclater en sanglots. Puis elle me demande si cette nuit je peux rester dormir avec elle. Ne pas partir une fois qu'elle se sera assoupie, si elle y parvient. Je me glisse sous les draps. Elle agrippe ma main à me faire mal. Je ne sais pas qui de nous deux s'endort en premier.

Dans deux jours je vais parler à la police. Je vais tout leur raconter. Ce qui s'est passé là-bas. Ce que j'ai vécu. Mais pas comment c'est arrivé. Ni ce qu'on avait prévu. Et si jamais je le fais quand même, s'ils me poussent à bout, je ne donnerai pas ton nom. Je t'aime encore assez pour ça. Même si tu m'ignores. Me laisses au silence. Brilles par ton absence. Même si tu fais comme si j'étais morte.

J'ai failli l'être tu sais.

Je l'ai désiré comme je n'ai jamais rien désiré.

J'aurais préféré.

Je ne sais pas pourquoi tu ne réponds pas. Tu as peur qu'on te mêle à tout ça ? Qu'on te demande des comptes ? Qu'on te demande pourquoi tu n'as rien signalé à l'époque ? Pourquoi tu n'as pas appelé mes parents, la police ? Mais ça n'aurait rien changé tu sais. Et il y a quelques jours encore, j'aurais même pu te remercier de n'avoir rien dit. De m'avoir épargné cette honte supplémentaire. Celle d'avoir été la cause de mon propre malheur. De ma propre perte. Moi et moi seule. Non je ne t'en veux pas pour ça. C'est du passé de toute façon. Et chacun fait comme il peut. C'est maintenant que je t'en veux. Et aussi : j'ai longtemps refusé de le faire mais j'ai craqué. J'ai regardé tes pages Facebook. Instagram. Et je n'ai pas l'impression que la vie se soit arrêtée pour toi. Que tout ça t'ait causé beaucoup de peine, d'angoisse. Tu t'amuses bien, dis ? La vie est belle ? Et au fait, c'est qui ce Léo ? Tu fais dans les garçons maintenant ? Tu as changé de bord ?

Réponds, merde. Réponds. Tu peux pas me laisser comme ça. TU PEUX PAS.

Léa

Le lendemain matin elle ouvre les yeux quelques secondes après moi. Je lui demande comment elle se sent. Elle me répond :
— Vaseuse.
Je regarde sur la table de nuit, remarque le verre d'eau et la plaquette de médicaments bien entamée.
— J'ai pris double dose, s'amuse-t-elle d'une voix ralentie, boueuse.
— C'est aujourd'hui, hein ?
— Aujourd'hui quoi ?
— Que tu parles à la police.
Elle se redresse et me dévisage.
— T'en sais des choses. Qui t'a dit ça ?
— Chloé.
— Et qu'est-ce qu'elle t'a dit d'autre ?
Je préfère ne pas répondre. Me contente de lui jurer que je n'ai rien répété aux parents. Que j'ai pensé que c'est ce qu'elle souhaitait même si je ne comprends pas pourquoi. Elle a l'air tout à fait réveillée maintenant. Me pousse du coude.
— Elle te plaît, hein ?

Je rougis. Fais mine de ne pas comprendre de qui elle parle. Mais elle insiste :

— Chloé. Elle te plaît bien, hein ?

Depuis son retour, c'est la première fois qu'elle me taquine comme ça. Ça me rappelle notre vie d'avant, quand nous vivions à Paris. Elle me pousse de nouveau du coude. Sur son visage, je vois se dessiner un sourire limpide, une insouciance qui ne s'y est pas logée depuis des lustres. Je réponds d'un haussement d'épaules.

— J'ai aucune chance de toute façon. Elle préfère les filles.

— Tu es sûr ?

— En tout cas c'est ce qu'elle m'a dit.

Léa a l'air troublée. Pensive. On toque à la porte. C'est mon père.

— Ah tu es là tiens.

C'est tout ce qu'il dit en me découvrant aux côtés de Léa, glissé sous ses draps avec elle.

— Il faut que tu te prépares. Maman t'attend pour ton rendez-vous à l'hôpital.

— Tu peux pas m'emmener, toi, plutôt ?

Sur le coup mon père paraît embarrassé. Je suppose qu'il se demande comment il va pouvoir expliquer ça à ma mère sans la vexer. Mais il finit par accepter. Ma sœur file à la salle de bains tandis que j'entends papa discuter avec maman. Je ne sais pas ce qu'il lui raconte exactement. Je l'entends juste prononcer les mots « journal » et « faire le point ». Il a dû prétexter une visite à son bureau pour ne pas tout à fait couper le fil et envisager avec son rédacteur en chef les conditions et délais de son retour, lequel ne dépend pas de lui, ni de personne à part Léa. Au passage il l'emmènera à l'hôpital. Puis il remonte pour me dire de me dépêcher.

— Tu as cours, je suppose.

Je regarde ma montre. C'est déjà trop tard pour les deux premières heures. Il ne réagit pas. Dit juste qu'il me fera un mot et me déposera sur le chemin.

Vingt minutes plus tard on approche du lycée quand Léa demande à papa :

— Tu pourras me laisser sur le parking ? Et m'attendre dans la bagnole pendant le rendez-vous ? C'est une demande de la psy. Un genre d'exercice. Contre mes crises de panique, « dans un environnement sécurisé », elle a dit. De toute façon je n'ai que dix mètres à faire et il y a les vigiles. Et puis ça me met mal à l'aise quand maman reste pendant tout le rendez-vous dans la salle d'attente. De la savoir de l'autre côté du mur ça me bloque.

— Je comprends ça, fait mon père. Moi aussi, des fois, quand elle est là, elle me bloque. J'ai toujours l'impression qu'elle me surveille, qu'elle m'espionne. Alors que c'est peut-être moi qui aurais dû le faire, à une époque.

J'en reste sur le cul. C'est tellement rare que mon père s'épanche comme ça sur ma mère. Qu'il la critique devant nous. Je sors de la voiture en me repassant la conversation. Il a dit qu'il aurait peut-être dû la surveiller à une époque. Se doute-t-il, lui aussi, que maman avait entamé sa liaison avec Alain avant même la disparition de Léa ? Ma sœur lui en a-t-elle parlé ? Ou quelqu'un d'autre en ville ? N'importe qui. Puisque d'après Chloé tout le monde était au courant dans les environs. Et si oui, comment mon père a-t-il fait pour lui pardonner, l'accueillir à nouveau à la maison, partager son lit après qu'elle a rompu ? Je repense à ce que m'a dit Chloé un soir après le surf en parlant de ses propres parents. À quel point ils se révélaient complexes et tortueux à mesure qu'on grandissait. À quel point ils se révélaient obscurs, prompts à tous les arrangements possibles, aux mensonges, aux dissimulations, aux rancœurs rentrées, aux dénis, aux compromis. Ça la dégoûtait. Ça lui foutait littéralement la gerbe.

Je pousse la grille du lycée et me traîne jusqu'au bureau du CPE, un type huileux qui me fait toujours l'effet d'un croisement malsain entre un humain et un gros poisson flasque aux yeux globuleux et vides. Je lui tends mon mot.

— Ah... Pour une fois vous en avez un. Je suppose qu'on peut considérer ça comme un progrès. Mais il va falloir vous reprendre, jeune homme. Ce qui est arrivé à votre sœur ne va pas pouvoir éternellement servir d'excuse à vos absences. Pas plus qu'à vos résultats scolaires, d'ailleurs. Plus que médiocres si j'en crois votre dernier bulletin.

Je ne réponds pas. Me contente de tourner les talons et de quitter son bureau avant de rejoindre Bastien dans le parc. Assis sous un arbre, il écoute de la musique, ses écouteurs dans les oreilles. Je l'imite. Il me fait un signe de tête et se replonge dans le dernier Kendrick Lamar. Je mets un vieux Jeff Buckley. On bat la mesure ensemble, mais à des rythmes différents. Ça et nos trajets de bus, c'est ce que je connais de plus abouti en matière de relation amicale depuis que nous avons échoué ici.

Quand je rentre du lycée, Léa me paraît étrangement détendue. Elle est au salon avec les parents. Sourit à ma mère. Lui répond quand elle lui pose une question. Aucun signe d'irritation. Mon père se tient debout derrière maman, une main sur son épaule qu'elle recouvre de la sienne. Un instant j'ai la sensation que le temps a déraillé. Qu'on est revenus en arrière, des mois et des mois plus tôt, dans notre appartement à Paris, ou dans une maison semblable louée pour les vacances. Mes parents avaient leurs hauts et leurs bas alors, les coups de déprime de mon père mettaient la résistance de ma mère à rude épreuve à cette époque, mais enfin ils tenaient bon. Léa n'avait pas encore ce masque de rage qu'elle arborerait à partir du jour où ils lui apprendraient qu'ils comptaient déménager. Ni celui de terreur et d'égarement qui viendrait le remplacer après son retour de captivité.

Je m'installe près d'eux et prends part à la conversation. Au bout d'un moment je comprends que Léa n'a rien dit. Ni à ma mère ni à mon père. Comme convenu il a dû la laisser devant l'hôpital. Et revenir la chercher deux heures plus tard au même endroit. Puis ils sont retournés à la maison comme si de rien n'était. J'observe ma sœur. Elle a l'air tellement soulagée tout à coup. Délivrée d'avoir enfin parlé. Enfin c'est ce que je veux croire. Peut-être que c'est juste l'effet des médocs qu'on lui a filés avant l'entretien pour la détendre. J'annonce que je pars surfer. Léa demande à m'accompagner. À part l'hôpital elle n'est pas sortie de la journée. Elle a envie de voir la mer.

Dehors l'air est tiède et chargé de parfums de fleurs. Le vent est léger, presque imperceptible. Je repense à nos arrivées ici en juillet, quand on ouvrait la porte de la voiture et que l'odeur des vacances nous submergeait. On en criait de joie à l'époque. La découverte de la maison, l'exploration des pièces et du jardin, le choix du lit où l'on dormirait pour les trois prochaines semaines, les premiers pas dans les rues du village, le premier apéro sur la plage, la première baignade. Et les jours d'or pur qui suivaient. Ça me semble resurgir d'une autre vie, très ancienne, presque oubliée, inaccessible. Je jette un œil à Léa. Sa mine est redevenue sombre, inquiète. Bien sûr. Elle a joué la comédie. Un peu trop sans doute, mais elle a fait comme elle a pu. Je lui prends la main et nous marchons en silence jusqu'à la mer. À plusieurs reprises elle s'immobilise, scrute la promenade, surveille les alentours. Chaque silhouette masculine au loin la fait tressaillir. Je serre sa main un peu plus fort et nous rejoignons l'autre bout de la plage. Chloé nous y attend. Elle nous décoche un sourire à vous faire exploser la cervelle. Pose ses lèvres fraîches sur ma joue puis fait pareil avec ma sœur. Elles s'assoient l'une à côté de l'autre tandis que je me change. Tout ce temps elles restent silencieuses. Et quand j'attrape ma planche Chloé ne fait même pas mine de se lever. OK. J'ai compris le message. Elles veulent parler tranquilles. Je me dirige vers la mer, me retourne deux ou trois fois. Elles sont déjà en pleine conversation. Et Chloé tient la main de ma sœur dans la sienne.

Je m'enfonce dans l'eau, m'allonge sur ma planche et me dirige vers les premières vagues. Nous sommes une vingtaine à tenter d'y glisser. Certains s'y emploient en pure perte, passent leur temps à se gameller aussitôt debout, et se bourrent d'eau salée. D'autres fusent en équilibristes, semblent soumettre la mer à leur volonté. De mon côté je ne suis bon à rien aujourd'hui. De toute façon je ne peux pas m'empêcher de surveiller la plage. J'ai du sel plein les yeux. Chloé et ma sœur ne sont le plus souvent que des silhouettes imprécises. Pourtant quelques minutes plus tard, quand je vois le visage de Chloé s'avancer vers celui de ma sœur, plus rien n'est flou. Je vois distinctement leurs bouches se coller l'une à l'autre. Leurs corps s'enlacer. Tout ça je le vois parfaitement. Malgré les vagues qui me recouvrent la tête à intervalles réguliers, me baladent en direction du sable. Et je les vois parfaitement aussi une heure plus tard, quand elle se lèvent et me font comprendre par grands gestes qu'elles partent, que Chloé raccompagne Léa à la maison.

Un instant je reste pétrifié. De surprise. De jalousie. D'angoisse. C'est la première fois depuis son retour que Léa accepte de faire un pas dehors sans mon père ou moi à ses côtés. Puis je me ressaisis. Ça n'a aucun sens. Le type ne peut pas être ici, tapi quelque part. Il est recherché par toutes les polices de France. Depuis que la presse a annoncé le retour de Léa il doit se terrer à l'autre bout du pays, ou à l'étranger, profitant du silence de ma sœur pour quitter le territoire et échapper à la prison. Et quand bien même il aurait l'idée absurde de venir ici, se jeter dans la gueule du loup, en quoi serais-je apte à protéger ma sœur ou quiconque, moi y compris, contre ce mec ? En quoi serais-je mieux armé que Chloé ? Tout cela n'a aucun sens. Je ne me suis jamais battu de ma vie. Et je suis gaulé comme un fil de fer. Soudain j'en veux à mes parents, qui me laissent être le garde du corps de Léa. Tu parles d'un garde du corps. Ils pensent sûrement que sa phobie de se retrouver seule dans la rue tient du symptôme. De la névrose post-traumatique. Et que si ma présence à ses côtés suffit à la calmer, alors c'est déjà ça. Mais ils ignorent que ma sœur la nuit croit voir des hommes dans la rue, dans le jardin. Qu'à chaque pas elle tremble quand elle aperçoit au loin une silhouette qu'elle ne reconnaît pas immédiatement comme un retraité en vacances, un habitant du village, un promeneur inoffensif. Ils ignorent tant de choses. Et moi aussi. Les baisers que Chloé et ma sœur ont échangés quelques minutes plus tôt en sont une preuve parmi d'autres.

*Va te faire foutre.
Léa*

Quand je rentre ils sont déjà passés à table. À voix basse, se penchant vers moi pour remplir mon assiette de linguine alle vongole, mon père me reproche d'avoir laissé Léa rentrer seule.

— Elle ne l'était pas, je réponds. Une copine l'a raccompagnée.

Mon père sourit.

— Une copine ?

À défaut de le rassurer, ça semble le réjouir.

Pendant le dîner, qui se déroule dans une ambiance inhabituelle, détendue presque, je jette des coups d'œil à Léa. Un léger sourire flotte sur ses lèvres. À un moment elle surprend mon regard et me fait un clin d'œil, puis sa bouche se tord pour me signifier qu'elle est désolée. Elle sait que je les ai vues. Et s'excuse. D'avoir posé ses lèvres sur celles de la fille qui me rend dingue depuis des mois. Je lui adresse une moue compréhensive en retour. Après tout ce n'est pas tous les jours qu'on se fait chourer la fille qu'on kiffe par sa propre sœur. C'est presque drôle en un sens.

Après le dîner les parents partent se balader sur la plage. Ça fait longtemps que ça ne leur est pas arrivé. Léa semble paisible. Sans doute délestée d'avoir enfin tout livré à la police. Sans doute aussi la mère de Chloé, au fil des séances, a-t-elle fini par trouver les bons mots pour la mettre en confiance. Elle ne craint plus rien. Personne n'a plus rien à craindre. À part le monstre qui l'a séquestrée. La police va le retrouver, la justice le juger et l'écrouer. Il ne fera plus jamais de mal à personne. Et Chloé par-dessus tout ça. Un instant je pense qu'à défaut du bout du tunnel, nous avons atteint quelque chose. Ce moment où l'on sait que la route sera encore très longue, mais que le pire est derrière nous.

Quelques heures plus tard, je me réveille en sursaut. Léa se tient tremblante devant mon lit.

— Qu'est-ce qu'il y a ?
— J'ai vu quelqu'un.

Je me lève. Me poste à la fenêtre qui donne sur la rue. Rien à signaler. *Idem* de l'autre côté, par la lucarne qui surplombe le jardin.

— Il n'y a personne, je lui dis alors qu'elle s'est déjà glissée sous les draps, le corps secoué de sanglots.

— Je n'aurais jamais dû parler. Il va lui faire du mal. Et après il viendra nous trouver.

— Elle ? Tu parles de Sofia ? Celle qui était avec toi là-bas ?

Elle acquiesce. Je ne sais pas quoi dire. À part qu'il faudrait prévenir les flics, leur avouer qu'il y a une autre fille avec le type. Mais c'est déjà fait. Du moins je suppose.

— Tu leur as dit ?

— À qui ?

— Aux flics. Tu leur as dit que tu n'étais pas seule ? Qu'il y avait une autre fille ?

Elle hoche la tête.

— J'ai tout dit. Tout. Presque.

— Comment ça, presque ?

Elle ne répond pas. Se contente de me supplier de la serrer dans mes bras.

— Promets-moi de ne pas t'endormir avant moi.

Elle ferme les yeux. Juste avant de plonger dans un demi-sommeil, elle me demande :

— Tu es jaloux ?
— Pour Chloé ?
— Oui.
— Ben non. Elle me l'a dit qu'elle aimait les filles. Toi par contre…
— Moi quoi ?
— Ben toi, je savais pas…
— Ben si.
— Depuis quand ?
— Ben, depuis toujours j'imagine. Ce genre de truc, on ne choisit pas. On aime les filles. Ou les garçons. Ou les deux. C'est comme ça. Comme d'avoir les yeux bleus, verts ou marron.
— Et t'as déjà eu des copines, avant ?

Elle se redresse et me lance un demi-sourire narquois.

— Qu'est-ce que tu crois ? Bien sûr que j'ai déjà eu des copines. Et toi ?

Je ne réponds rien. Il n'y a rien à répondre. Et elle n'insiste pas.

— Allez je te taquine, me souffle-t-elle avant de refermer les yeux.

Je garde les miens grands ouverts, à veiller sur le sommeil de ma sœur. Ma grande sœur perdue puis retrouvée, terrorisée, brisée, honteuse, rongée de culpabilité et de colère, ma grande sœur amoureuse qui voit des ombres menaçantes partout dans la nuit.

III

Déferlantes

Va te faire foutre. Va te faire foutre. Va te faire foutre.

Tu n'existes plus. Tu n'as jamais existé. Tu n'es rien.

Je t'ai rayée de ma vie. J'ai remis mon cerveau à zéro. Je n'ai plus de mémoire. Comme dans Eternal Sunshine of the Spotless Mind. *J'ai oublié que tu avais compté pour moi un jour. Puisque je m'en rends compte : je n'ai jamais pu compter sur toi. Ce jour-là pas plus qu'un autre. Je me suis tellement raccrochée à toi, à nous, pourtant, pendant tous ces jours. Je me disais : Je tiens à elle. C'est à elle que je tiens. C'est grâce à elle que je tiens. Que je dois tenir. Il n'y a plus qu'elle qui m'attache encore à quelque chose.*

Tu n'existes plus. J'ai tout effacé. Et c'est comme une délivrance. De tout ce que j'ai vécu ces derniers mois tu es la seule chose qui m'empêchait de tout oublier. De tout enfermer dans une boîte et de l'enterrer au fond des sables. De me persuader moi-même que rien de tout ça n'avait eu lieu. Que c'était juste un cauchemar. Que rien de tout ça n'avait existé.

Adieu. Je ne t'ai jamais aimée. Je n'ai jamais fait ta connaissance. Tu n'es jamais née.
Léa

Je m'installe au fond de la classe comme toujours. Je suis seul à ma table et c'est bien comme ça. La prof commence son cours. Je sors mon cahier de mon sac, j'ouvre ma trousse. Il y a un papier plié à l'intérieur. Je le déplie. Puis en fais une boule au creux de ma main. Je regarde partout autour de moi, scrute les visages de mes camarades. Certains pouffent. D'autres me fixent en biais, un sourire mauvais aux lèvres. Je me repasse le fil de la matinée. Qui a pu faire ça, ouvrir mon sac, sortir ma trousse, y glisser un mot sans que je m'en aperçoive ? Quand cela s'est-il produit ? Dans le bus, sans doute. Mais il n'y avait personne à côté de moi. Bastien n'était pas là quand je suis monté. Il avait dû le rater. Je crois me souvenir d'avoir gardé mon sac sur les genoux pendant tout le trajet. Puis il n'a pas quitté mon dos avant le début de l'heure de maths. Et ça ne fait que trois minutes que je l'ai déposé à mes pieds. Un putain de tour de magie. Je suis pris d'une sale nausée. Je remballe mes affaires et je me lève. La prof me demande où je vais comme ça mais je ne prends pas la peine de lui répondre. Je sors directement de la classe tandis qu'elle me gueule dessus. Je me retrouve dans le couloir. Quelques élèves y traînent et je crois sentir leurs regards dans mon dos. J'ai l'impression que tous sourient de cette manière bizarre et narquoise. Sûrement que je me fais des films. Je tiens dans mon poing serré le bout de papier avec ces mots comme des couteaux à l'intérieur : « Elle est trop bonne ta sœur. Je me suis branlé en la regardant. » Et dessous, un lien Internet. C'est quoi ce délire ? D'abord je repense à la veille. Un connard a peut-être filmé Léa et Chloé sur la plage, tandis qu'elles s'embrassaient à nouveau, Chloé à demi nue, sa combi roulée à la taille. On n'est pas à Paris ici. Il y a encore des mecs restés bloqués au Moyen Âge. Des garçons qui se tiennent la main, des filles qui s'enlacent, s'embrassent en public, on n'en voit jamais dans le coin. Au bout du couloir, le CPE apparaît, avec ses cheveux gras et sa face de poisson lubrique. Il me demande ce que je fais là et je lui réponds que je me sens mal, qu'il faut que j'aille à l'infirmerie.

— Je vous comprends, lâche-t-il à mon grand étonnement. Ça doit être une dure journée pour vous. Peut-être devriez-vous appeler vos parents pour qu'ils viennent vous chercher…

— Euh… peut-être. Je ne sais pas.

Il pose sa main molle et moite sur mon épaule et me sourit d'un air désolé. Je n'y comprends rien. De quoi il parle ce con ? J'ai la sensation bizarre de revivre les premiers jours après la disparition de Léa. Les sourires fielleux de mes camarades et ce mot dans ma trousse, ça ressemble davantage à un cauchemar douteux qu'autre chose, en fait. Un de ces rêves dégueus qu'on fait parfois la nuit, dont on se réveille tout bizarre, et qui vous mettent dans un état glauque pour la journée.

Je passe devant l'infirmerie et continue jusqu'au CDI. La documentaliste me laisse m'asseoir sans poser de question. C'est une grosse femme triste et sans âge, qu'on imagine sans vie, avec sa vieille maman, ses livres et ses chats, sans doute à tort. Le seul truc qui la gêne, c'est le bruit. Tant qu'on ferme sa gueule et qu'on reste bien sagement à sa table à lire ou devant l'ordinateur elle ne moufte pas. Pas le genre à faire la police des emplois du temps, à vérifier qui sèche les cours ou pas. Je passe devant les présentoirs à journaux et c'est là que je comprends. Léa fait la une de *Ouest France* et du canard local où bosse mon père. À côté de sa photo figure un portrait-robot de son kidnappeur. Visage étrangement large. Pommettes saillantes. Petits yeux rapprochés derrière des lunettes carrées années soixante-dix. Bouche privée de lèvres. Il y a aussi la photo d'une fille, légendée « La disparue de Saint-Nazaire ». Au-dessous de ces trois images, on promet des révélations. J'attrape les deux torchons et je m'installe à la première table disponible. Je suis soudain pris de tremblements incontrôlables. Une violente envie de vomir me tord l'estomac, obstrue mes poumons. Ma vue se trouble au fil des mots. Je finis par dégueuler sur le papier. Autour de moi on s'exclame :

— Ah ! le porc, il a gerbé sur la table !

Certains se marrent. La documentaliste se met à hurler. Ordonne à tout le monde de sortir et de me laisser tranquille. J'ai un goût d'ordure dans la bouche. Elle s'approche de moi, se saisit des journaux maculés et les jette dans une poubelle. Puis elle me tend une bouteille d'eau et s'assoit à mes côtés.

— Tu n'étais pas au courant ? Tu ne savais pas que c'était sorti ce matin ?

Je secoue la tête. Non je ne savais pas. Et visiblement je suis bien le seul. Et je ne savais pas non plus la moitié de ce que je viens de lire. Tout se chamboule sous mon crâne. Ce que j'avais deviné jusqu'alors et la crudité de l'exposition des faits dans les journaux. Ce que j'ignorais et ne faisais que craindre et qui me saute soudain à la gueule. Ma sœur entre le site du festival et Rennes, le pouce levé pour faire du stop, et la voiture qui s'arrête. Les portes qui se verrouillent et le flingue du type. La nationale vite abandonnée pour des petites routes sillonnant le désert agricole. La maison isolée et la cave où on la pousse. L'autre fille amaigrie et hagarde, terrifiée et muette. Les bleus sur sa peau. Et les jours qui n'en finissent plus. Parfois il ne vient que quelques minutes pour leur tendre une assiette et des cachets qu'il les force à avaler, qui leur mettent la tête à l'envers et les laissent complètement amorphes. D'autres fois il joue à la poupée. Les déshabille et les rhabille à sa guise. Sous-vêtements, nuisettes sexy, tenues d'écolière, d'infirmière. Il leur demande de se faire des trucs entre elles pendant qu'il filme. Puis laisse la caméra tourner, les rejoint et leur demande de lui faire des choses à lui avec leur bouche, un flingue collé sur la tempe. Quand elles refusent il pète les plombs et les frappe. Régulièrement il en prend une avec lui, la fout dans le coffre de sa voiture et l'emmène dans une autre maison, la pousse dans une autre cave. Puis il revient chercher l'autre et à nouveau elles se retrouvent blotties l'une contre l'autre à se parler, à tenter de survivre, de tenir, à se consoler comme elles peuvent, à ne même plus pouvoir pleurer ni ressentir autre chose que la terreur quand il arrive et qu'il les menace avec son arme, fait mine de jouer à la roulette russe contre leur crâne et jamais elles ne sauront s'il y avait une putain de balle dans ce putain de pistolet. Tout ça tourne dans ma tête, les coups, les doigts, les bouches, la peur, la cave à même le sol et les chiottes réduites à un seau qu'il venait chercher en même temps que les assiettes vides après le repas du soir. Les séances filmées et les vidéos postées au fin fond du Darknet pour des amateurs de scènes hardcore déviantes avec mineures. La bite du type. Ses caresses immondes. Son regard vitreux derrière les lunettes carrées sur le portait-robot. Sa chemise à carreaux et son blouson beige de psychopathe. Dans l'article il était précisé que la première fille aurait subi des rapports sexuels complets à son arrivée, mais pas Léa. Qu'est-ce qu'ils en savent ? Et qu'est-ce que ça changerait au fond ? Tous ces trucs ignobles qu'il lui a imposés... Après, ça racontait qu'il les menaçait de les retrouver si elles s'échappaient. Qu'il prétendait savoir où habitaient leurs familles, où travaillaient leurs parents, où étudiaient leurs frères et sœurs, et qu'il les tuerait si elles tentaient quoi que ce soit, qu'il tuerait l'une si l'autre lui filait entre les doigts et s'avisait de lui foutre les flics au cul. C'était là noir sur blanc. Tout ce que j'avais pu imaginer. Le pire était là sous mes yeux.

Je ne sais pas si je parle à voix haute ou si je reste silencieux seul avec la grosse documentaliste triste dans le CDI désert, sa main sur la mienne et l'odeur de vomi qui s'échappe de la poubelle où gisent ces saloperies de journaux froissés. Je crois rester muet mais sans doute pas, parce qu'elle me dit :

— C'est fini maintenant, elle s'en est sortie, elle est revenue, elle est là avec vous, vous allez l'aider à se reconstruire, tout ce qui lui est arrivé est tellement affreux mais elle est en vie. J'ai tellement prié pour elle quand elle a disparu. Pour qu'on ne la retrouve pas au fond d'un lac ou d'un fossé.

Puis elle se lève et m'entraîne jusqu'à l'infirmerie. Elle me soutient, je sens son odeur de sueur acide et de déodorant bon marché, le sol se dérobe sous mes pas, j'ai l'impression d'essayer de marcher sur l'eau et de m'enfoncer dans la grande masse liquide. Je suis comme mort, complètement sonné, somnambule. On m'allonge sur un lit séparé du reste de l'infirmerie par un rideau. L'infirmière me file deux cachets et je dévale les pentes d'un sommeil de plomb.

On me secoue. J'ouvre les yeux en suffoquant. Comme si je venais de manquer de me noyer. Que j'étais resté en apnée tout ce temps. Je ne sais combien de minutes, d'heures ont passé. C'est ma mère. Son visage défait. Son maquillage a coulé et des cernes de huit kilomètres se dessinent en demi-lunes pendantes sous ses yeux. Elle m'aide à me relever puis à marcher dans les couloirs. Je suis complètement shooté. Au moment de traverser la cour je jette un œil aux bâtiments et je vois trois garçons, des seconde 12 je crois, qui me font des signes obscènes par la fenêtre, miment des fellations, font mine de se caresser des seins qu'ils n'ont pas. On finit par atteindre la voiture et sitôt assis à la place du mort je sombre à nouveau.

Quand je rouvre enfin les yeux la caisse est garée devant le commissariat. Maman m'a laissé un mot sur le tableau de bord : « Je suis à l'intérieur. Attends-moi là. » Je sors quand même. Je traverse la rue si lentement qu'une bagnole me klaxonne. Un foutu escargot se traînant sur la chaussée. J'entre dans le commissariat. La fille de l'accueil m'interroge du regard. D'une voix pâteuse, la langue engluée, je lui réponds que ma mère est quelque part là-dedans. Elle me fait signe de l'attendre dans un des fauteuils réservés à cet effet. Mes yeux se posent sur un distributeur de boissons. Je mets deux pièces et j'attends que deux canettes de Red Bull en sortent. Je les bois à la suite. C'est sûrement psychologique mais ça me donne un coup de fouet. Ou bien c'est la voix de ma mère. On n'entend qu'elle. Elle hurle. Demande en ouvrant les portes les unes après les autres qui a balancé tout ça aux journaux. Qui est « la petite pute, la petite merde qui a tout balancé à ces rats ». Deux molosses en uniforme se précipitent pour la maîtriser.

— Calmez-vous, madame ! Vous êtes dans un commissariat ici. Si vous vous calmez pas tout de suite on vous colle un outrage à représentants des forces de l'ordre. Comme ça vous pourrez aller voir le juge en même temps que votre mari.

Ma mère ne s'apaise pas pour autant. Elle gueule :
— Où est-il ? Où est mon mari ?

Je m'approche. Les flics me fixent d'un air menaçant. Je finis par capter le regard de ma mère et elle se jette sur moi. Je la serre dans mes bras. Voilà où nous en sommes à cet instant. Dans quel genre de cauchemar nous nous noyons. Ma mère en larmes et moi enlacés au milieu d'un commissariat avec des flics en uniforme munis de leur flingue et de leur matraque à la ceinture. Épuisé par les médocs, les nerfs à vif à cause des Red Rull que je viens de m'enfiler, je lui caresse les cheveux tandis qu'elle répète en boucle « Les ordures les ordures » entre deux sanglots morveux. Et voilà que mon père sort d'un bureau au même moment, complètement débraillé et l'œil droit gonflé comme une balle de tennis éventrée et violette. Sa tête quand il nous voit là, je ne sais pas, c'est sans doute nerveux, un genre de défense paradoxale face au désastre, mais ça me prend d'un coup, un fou rire à me tordre le bide. Il s'approche de nous. On forme un animal à trois têtes secoué de larmes et de rires à moitié dingues. Autour de nous les flics éructent qu'il faut qu'on se calme et qu'on arrête notre cirque. Mon père se retourne et leur tend bien haut son majeur. Puis il articule :

— Vous mettrez ça sur ma note, messieurs.

Après quoi nous sortons comme des princes et regagnons la voiture.

Une fois à l'intérieur mon père m'explique calmement ce qui se passe :

— Ta sœur est à l'hôpital. Elle a fait une crise de panique puissance dix en découvrant les journaux. On a appelé la psy qui nous a dit de rappliquer immédiatement. Ils lui ont donné des calmants. Ils s'occupent d'elle. Quoi que ça puisse vouloir dire.

Après ça mon père a débarqué au journal et tout cassé là-bas. Au passage il a mis un coup de boule au collègue qui avait signé l'article et menacé son rédacteur en chef qui a appelé les flics. Il s'est fait embarquer aussi sec. Étant donné les circonstances son patron et son collègue ont accepté de ne pas porter plainte mais bien sûr il est viré. Et a écopé d'une citation à comparaître pour injures et menaces envers des représentants des forces de l'ordre.

— Voilà. Tu sais tout.

La voiture démarre et on roule dans la partie moche de la ville. Des rues banales où nulle part on ne pourrait se croire au bord de la mer. Au bout d'un moment je leur demande comment ils vont, comment ils encaissent tout ça. Ce qu'ils ont lu dans les journaux. Ils haussent les épaules en même temps.

— Tu sais, me dit mon père, on s'en doutait au fond. C'est atroce mais tout ce qu'elle a subi, on l'a imaginé pendant tous ces mois, et même après son retour. Et puis on se doutait bien que si elle refusait de parler c'est parce qu'elle craignait qu'il s'en prenne à elle ou à nous. Ce qu'on ignorait c'est qu'elle n'était pas seule là-bas.

— Je crois qu'il y a des vidéos qui traînent sur le Darknet.

— Le quoi ? demande ma mère.

— Le Darknet. C'est une partie cachée du Web qu'utilisent les terroristes, les fachos, les accros aux trucs bien sales.

Mon père se gare sur le bas-côté et se tourne vers moi.

— Oui, je suis au courant. Les flics m'ont dit que des vidéos avaient circulé. Mais qu'elles avaient été supprimées immédiatement après la déposition de Léa.

— Pas immédiatement, non, je réponds en fouillant dans ma poche.

J'en extirpe le papier roulé en boule. Mon père le déplie et le montre à ma mère. D'abord elle reste sans réaction. Puis elle se met à hurler. De longs cris de rage, à nous fendre le crâne en deux, à nous faire sauter les nerfs un à un, à faire craquer le pare-brise.

Les vagues sont hautes ce soir. Elles me frappent, me rouent de coups, s'abattent sur moi avec toute la brutalité nécessaire. À cet instant c'est exactement ce que j'attends d'elles. Qu'elles m'assomment. Me foutent la tête sous l'eau. Me passent au Kärcher. Me nettoient de fond en comble. Et finissent par m'effacer tout à fait. Remis à neuf, essoré, liquidé.

Un peu plus tôt dans l'après-midi, on était à peine rentrés à la maison que le téléphone a sonné, Jeff était complètement paniqué au bout du fil. Je lui ai annoncé que Léa était à l'hôpital et il s'est mis à chialer. Puis il a fini par se calmer et m'a dit un truc qui est venu alourdir la masse de choses qui me rongent la cervelle.

— T'as vu ce qu'ils ont écrit ? Qu'elle faisait du stop entre le festoche et Rennes.

— Et alors ? j'ai répondu.

— Tu comprends pas. Direction Rennes. Ça veut dire qu'elle cherchait pas à rentrer.

— Attends, ils ont pu se gourer. C'est des connards de journalistes.

— Eh oh, un peu de respect. Ton père est journaliste que je sache. Et puis même, ils ont eu les dépositions.

— C'est peut-être Léa qui s'est embrouillée. Elle était chargée à mort pour l'entretien, tu sais.

— Ouais. T'as peut-être raison. Mais c'est bizarre. J'arrive pas à me sortir ça de la tête. Déjà, elle a toujours dit qu'elle m'avait pas retrouvé alors que je suis revenu après quoi, cinq ou six chansons. Mais qu'est-ce qu'elle foutait en sens inverse ? Pourquoi elle faisait du stop direction Rennes, bordel ?

Et là il est parti en vrille, je ne comprenais plus rien à ce qu'il racontait, une bouillie indéchiffrable, j'ai raccroché.

Je me prends des rouleaux en pleine tronche. La mer emporte ma planche vers le sable. La sangle qui la retient à mon bras me scie le poignet. Je suis complètement vidé. À bout de souffle. Je regagne la plage d'un pas d'enclume. En levant les yeux vers la promenade j'aperçois Chloé. Quand je finis par la rejoindre sur les gradins elle semble très perturbée. Sa bouche est légèrement tuméfiée. Et elle a forcé sur le maquillage au niveau des pommettes, comme pour camoufler quelque chose. Une ecchymose.

— Qu'est-ce qui t'est arrivé ? je lui demande. T'es tombée dans l'escalier ?

— Non. Je me suis battue. Et me suis fait virer.

— Quoi ? Tu t'es battue ? Avec qui ?

— Des connards. Laisse tomber. T'as des news de Léa ?

Je lui raconte le peu que je sais.

— Aux dernières nouvelles elle est plongée dans un sommeil artificiel. C'est comme ça qu'ils prennent soin d'elle. En l'endormant jusqu'à nouvel ordre. Ils appellent ça une « cure ». Et un flic est en permanence devant la porte de sa chambre. On nous en a proposé un aussi pour surveiller la maison mais mes parents ont refusé. Ils ne croient pas un instant aux menaces du type nous concernant. Ils s'en font surtout pour l'autre fille.

Elle encaisse tout ça sans réagir. KO debout. Je reviens à la charge :

— C'est à cause des vidéos qui circulent ?

Elle sursaute et je vois la panique s'emparer de son regard.

— Tu les as regardées ?

Je réponds que non. Et c'est la vérité.

— Moi non plus. Mais apparemment y a un mec au lycée qui a réussi à en retrouver au moins une. Il l'a téléchargée et la revend sous forme de clé USB. Je l'ai dit à ma mère et elle a prévenu les flics. Putain. Je ne sais pas comment je vais pouvoir remettre les pieds au bahut après tout ce bordel.

Je passe mes bras autour de ses épaules et elle se laisse tomber contre moi. Cette fois il n'y a rien d'ambigu. Même pour moi. J'ai juste l'impression de serrer ma sœur contre moi.

— T'es trempé, me murmure-t-elle.

Mais elle ne s'écarte pas pour autant. Et nous restons là congelés par le vent qui vient de se lever, dans la nuit tombante et le vacarme de la mer déchaînée. Perdus. Submergés. Sans plus rien à quoi s'accrocher à part les bras l'un de l'autre.

J'ai insisté pour la raccompagner jusqu'à chez elle. Elle a fini par céder en se moquant un peu.

— Mon courageux *bodyguard*, a-t-elle glissé à mon oreille en m'embrassant la joue en guise d'au revoir.

Elle traverse le jardin jusqu'à la porte d'entrée. Je fais demi-tour, la gorge nouée. Je presse le pas. J'ai beau regarder partout autour de moi, je ne vois rien de suspect mais n'empêche, j'ai la sensation flippante d'être épié. Arrivé au niveau de la maison je croise un type qui marche en fixant le sol, une casquette vissée sur le crâne, des lunettes de soleil sur le nez alors qu'il fait déjà sombre. Je ne sais pas pourquoi mais je poursuis mon chemin et fais mine de me diriger vers la baraque d'à côté. Je pose la main sur la poignée et jette un coup d'œil en direction du mec tandis qu'il s'éloigne. Je le vois se retourner furtivement. Puis presser le pas vers la plage. Mon cœur se met à battre plus vite dans ma poitrine. Une sensation de panique et d'oppression. La main toujours posée sur la poignée de la maison des voisins je jette de nouveau un œil vers lui mais cette fois il a disparu. Il a dû prendre une rue perpendiculaire. J'attends encore un moment avant de rentrer chez moi.

Mes parents m'attendent pour manger. En me voyant ils se taisent immédiatement. Soudain le tableau m'apparaît dans son intégralité. Ma sœur à l'hôpital. Son ravisseur recherché dans la France entière. Sa deuxième proie peut-être déjà morte. Ou toujours sous sa coupe. Ce type quelque part, n'importe où, peut-être ici en ce moment même, dans ces rues, à attendre son heure, coiffé d'une casquette et muni de lunettes de soleil si ça se trouve. Mon père viré de son journal. Avec une comparution au cul. Ma mère en arrêt maladie. Leur couple devenu si bizarre, après l'histoire avec Alain, les mensonges de ma mère. La vidéo qui circule au bahut. Je prends une profonde inspiration.

— Je ne retournerai plus au lycée.

Ma mère pose sa main sur la mienne et la serre en tremblant.

— Bien sûr que tu n'y retourneras pas. J'ai appelé le proviseur. On s'est arrangés. Le conseil de classe est dans trois semaines. Ils vont arrêter tes notes aujourd'hui, prononcer ton passage en première. En échange on va t'inscrire au CNED. Pour finir l'année et aussi rattraper ce qui peut l'être, vu tes résultats depuis septembre. Histoire que tu te remettes à niveau.

— Et Léa ?

— Ça, répond mon père, personne ne sait. Ce qui est sûr c'est que quand elle sera en état de reprendre, elle ne retournera pas là-bas non plus. Je ne sais pas. Un lycée privé. Une autre ville. De toute façon j'ai plus de boulot. Rien ne nous retient ici.

En entendant ces mots je pense à Chloé. À ma sœur. À ce qui s'est noué entre elles. Comme une fleur au milieu d'un champ de merde. Un éclat de lumière dans un monde englouti par le mal et les ténèbres. Je pense à l'ironie du sort. Notre arrivée ici, la promesse de semi-vacances éternelles, d'un second souffle tant vantés par mes parents. Et nos vies en charpie désormais. Ce qu'a subi Léa. Ce qu'elle continue à subir. Ce que nous avons tous subi. Et voilà, me dis-je, les dés sont jetés. Nous allons devoir fuir. Nous sommes les victimes et nous allons devoir fuir.

Mon téléphone vibre dans ma poche. Je le sors, c'est Jeff. J'en ai marre de cette comédie. Marre de me cacher pour lui parler. Je tends l'écran vers ma mère. Elle hausse les épaules, me fait signe de répondre. Je décroche. La voix de son frère est partiellement recouverte par un bruit de fond, un grondement sourd. Il appelle de l'extérieur. On croirait entendre la mer. Sa voix est molle et plaintive, comme toujours quand il a bu. Je regarde ma mère dans les yeux et je prononce les mots dont Jeff a besoin depuis si longtemps, ces mots qu'elle refuse d'entendre. Je dis :

— Ce n'est pas ta faute. Rien n'est ta faute. Tu es juste parti prendre une bière et draguer une fille, tu es revenu au bout de cinq chansons, le concert était loin d'être terminé. Tu es revenu et elle n'était plus là. Elle n'était plus à l'endroit où tu l'avais laissée et où elle avait promis de t'attendre. Personne ne sait ce qui s'est passé. Tu l'as cherchée partout. Elle a fait du stop et elle est montée dans la mauvaise voiture. Ce n'est pas ta faute. Ni la sienne. C'est la faute de cet enculé, cette ordure, cette merde qu'on voudrait tous voir crever. C'est sa faute à lui. À personne d'autre.

Ma mère est livide. Sa main tremble un peu. Je poursuis, aussi bien à l'attention de mon oncle qu'à la sienne :

— Ça ne sert à rien de se renvoyer la balle comme ça. De recomposer le film. De refaire l'enchaînement. Jusqu'où on va remonter ? Et si elle n'avait pas voulu aller à ce festival ? Si maman n'avait pas refusé qu'elle aille à Paris toute seule ? Si on n'avait pas déménagé ? Et si on n'était pas nés ?

Après ça je lui tends mon téléphone et monte dans ma chambre, complètement vidé. Comme quand on a pété un plomb et que soudain tout nous retombe dessus. Un genre de gueule de bois en accéléré, après une soirée où on a vrillé. Je m'allonge sur mon lit. Puis me relève pour aller chercher mon ordinateur dans la chambre de Léa. Je fais défiler l'historique des derniers jours. Elle ne prend plus la peine de l'effacer. Le nom de sa codétenue fait l'objet de la plupart de ses recherches. Les résultats les plus récents s'affichent par dizaines. Des articles illustrés de photos de Léa, de Sofia, et du portait-robot du ravisseur. Des articles où se dupliquent à l'infini les mêmes informations. Les maisons et les caves successives. Les transferts à l'intérieur du coffre, l'une après l'autre. Les vidéos dégueulasses et tous ces trucs qu'il leur a faits. Le semblant de réconfort qu'elles ont trouvé en s'accrochant l'une à l'autre pendant tous ces mois. L'effroi permanent. L'envie de mourir. Les menaces qu'il faisait pleuvoir sur chacune d'elles si elles tentaient quoi que ce soit, le flingue dont il les menaçait en permanence. Les précisions qu'il donnait sur leurs familles, les villes où elles vivaient, les établissements où étaient scolarisés leurs frères et sœurs, les lieux précis où travaillaient leurs parents. Le fait qu'il viendrait nous trouver à la moindre tentative. Je ferme Safari. La connexion à sa messagerie est encore active. À nouveau je fais défiler ses mails. Ils s'adressent tous à cette fille dont le nom ne me dit rien. Elle lui écrit presque chaque jour, la supplie de répondre, de faire un signe. Je remonte plus loin encore. Jusqu'à son retour parmi nous. Des mois s'écoulent à l'envers entre ce jour et le mail précédent. Le dernier date de la veille de sa disparition. Je l'ouvre. Et soudain tout s'éclaire. Ma mère qu'elle a vue embrasser Alain quelques jours plus tôt. Le refus de maman de la laisser partir seule pour Paris. Les annulations successives de séjours prévus à la capitale pendant les mois qui ont précédé. Tout est là, motivé, planifié. Le concert avec Jeff. Le moment qu'elle saisira au vol. Où il ira pisser. Ou chercher une bière au bar. Elle s'éclipsera. Rejoindra la nationale. Fera du stop jusqu'à Rennes. Prendra le premier train pour Paris. Et ira la retrouver. Ses parents à elle ne seront pas là. Partis pour un week-end prolongé en amoureux. La petite sœur chez les grands-parents. Elles auront l'appartement pour elles seules. Suivent des mots tendres. Des promesses de baisers et d'autres choses. Je referme l'ordinateur. Cherche au fin fond de ma mémoire. Qui est cette fille ? Je n'en ai jamais entendu parler à l'époque. Elle ne faisait pas partie du groupe d'amies qui passaient en permanence à l'appartement, Léna, Camelia, Alice, Fatou et les autres. Peut-être une copine du cours de théâtre. Son amoureuse secrète d'alors.

Soudain j'entends sonner. Je sors de la chambre et j'entends des voix au rez-de-chaussée, des exclamations, des torrents de larmes. Je descends, Jeff est là, dans les bras de ma mère. Qu'est-ce qu'il fout ici ? Comment a-t-il fait pour rappliquer si vite ?

Une ou deux heures plus tard, je comprends enfin. Nous nous retrouvons seuls tous les deux, sur la terrasse. Il est dans le coin depuis deux semaines. Il voulait juste nous apercevoir. Voir Léa de ses propres yeux. Il dort dans un van qu'un pote lui a prêté. Garé sur le parking des surfeurs.

— T'es devenu bon, il me dit. Et putain, elle est gaulée ta petite copine.

Je ne rectifie pas. Le laisse parler en le regardant. Il a tellement maigri. Avec ses longs cheveux filasse, sa barbe en désordre sur ses joues creusées, ses yeux de mort vivant, il a pris mille ans. On dirait un junkie. Il finit sa bière et en ouvre une autre alors qu'il est déjà complètement cuit. Me raconte que parfois la nuit venue il rôde aux abords de la maison. Qu'il est même entré dans le jardin une fois. Qu'il s'est complètement flingué les bras et les genoux en passant par-dessus la palissade du fond. Il me montre ses bras égratignés. Ses mollets éraflés. Je pense à Léa, à ses terreurs nocturnes, quand elle était persuadée d'avoir vu quelqu'un dans la rue, au milieu du jardin. Mais elles dataient de bien avant et je ne dis rien. Je ne veux pas en rajouter. Quand il a fini de parler je lui glisse à l'oreille que je sais ce qu'elle foutait à faire du stop dans la nuit direction Rennes, que je sais pourquoi elle a disparu, pourquoi elle n'était plus là quand il est revenu avec la fille, cinq chansons plus tard. Il me regarde effaré. Dessaoulé soudain.

— Mais pourquoi elle l'a pas dit ? Quand vous l'avez retrouvée, pourquoi elle l'a pas dit ?

Je laisse planer un silence. De toute manière j'y suis réduit. Qu'est-ce que j'en sais ? Sans doute qu'elle se sentait trop coupable. Que tout ça aurait été trop lourd à porter. Que son fardeau était déjà impossible à assumer. Tout ce que je sais, confusément, c'est qu'il faut garder ça pour nous. Jeff est là. Ma mère a accepté de le revoir. À la fin de son coup de téléphone elle lui a proposé de passer un de ces jours et il s'est radiné aussi sec. Je lui ai dit ce que je savais parce qu'il en avait besoin. Besoin d'alléger sa conscience, d'en finir avec cette culpabilité qui le ronge. Le reste appartient à Léa. Je ne vois pas la nécessité de ressasser la merde. De chercher à établir des responsabilités après ça. Léa a menti à Jeff, à mes parents. Elle a voulu fuguer. Mes parents ont refusé de la laisser partir seule pour Paris. Ma mère s'est fait gauler dans les bras de son amant. Mon père a décidé tout seul de nous arracher à nos vies parisiennes et n'a tenu aucun compte de nous là-dedans. On pourrait remonter loin comme ça. Tout le monde a sa part. Même moi, sans doute.

Une heure du matin. Jeff est reparti. Il ne se voyait pas dormir chez nous, retrouver mes parents au petit déj. Ça aurait été trop pour lui. Il faut y aller petit à petit. Il est tellement à vif. Privé d'écorce. Incapable de gérer un flot d'émotions pareil. Il reviendra nous voir demain. Passera à l'hôpital quand ma sœur sera en état. Ma mère est d'accord. C'est l'essentiel.

Juste avant qu'il parte, sur le pas de la porte, alors qu'il avait déjà un pied dans la rue plongée dans la pénombre, je lui ai demandé s'il lui en voulait.

— À qui, à ta mère ?

— Non. Enfin oui, aussi. Mais à Léa surtout.

— Non. Ni à l'une ni à l'autre. Ta mère, je comprends. C'était atroce tout ce qu'elle m'a balancé à la gueule mais je comprends. Tu sais on a tous morflé dans la famille, mais personne autant que vous trois, forcément. Léa, qu'est-ce que tu veux que je te dise ? À son âge, si on m'avait empêché d'aller retrouver ma meuf, j'aurais fait pareil. Je l'ai fait d'ailleurs. Tu demanderas à tes grands-parents. Toutes les conneries qu'ils ont dû endurer. Le nombre de fois où j'ai disparu sans prévenir, où j'ai fait le mur.

— Tu savais qu'elle aimait les filles ?

— Ouais, bien sûr que je le savais. Qu'est-ce que tu crois, j'ai toujours été son tonton préféré…

J'ai souri à cette bonne vieille blague. Nous n'avons qu'un oncle. La concurrence n'est pas très rude de ce côté-là. Je l'ai regardé s'éloigner, rejoindre à pas incertains la plage des surfeurs et le parking de terre battue tout au bout, son van où il allait tenter de trouver le sommeil, à moins qu'il n'essaie même pas, qu'il passe sa nuit à boire et fumer.

Ça fait plus d'une heure que je suis remonté dans ma chambre et je me sens toujours aussi bizarrement agité. Je sens qu'une fois encore le sommeil ne va pas se pointer de sitôt. Mais qu'est-ce que j'en ai à foutre ? Le lycée, c'est fini pour moi. Des vacances de trois mois et demi. Si nous n'étions pas plongés si profond sous les sables je pourrais presque m'en réjouir. Je pense à Chloé. On l'a exclue pour trois jours. Puis viendra le week-end. Et après ? Plus tôt sur la plage elle m'a avoué que ça faisait bientôt deux ans qu'elle était amoureuse de Léa. Qu'elle était tombée raide au premier regard, le jour de la rentrée. Qu'elle avait souffert le martyre pendant tout le temps de sa captivité. Qu'elle avait tremblé pour elle. À en perdre le sommeil. À pleurer dans son lit pendant des heures. À s'en bouffer les dents. À en crever. Puis elle s'est excusée de me dire ça à moi.

— Ça n'a aucun sens, je sais bien. C'est sans doute rien par rapport à ce que vous avez pu vivre tes parents et toi.

Je tourne en rond dans ma chambre, incapable de me concentrer sur un manga, un roman moins encore, un jeu vidéo pas plus. Dans les enceintes, le dernier Arctic Monkeys à bas volume. Je m'allonge sur mon lit un moment. Les yeux collés au plafond. J'ai l'impression d'être incapable de seulement les fermer, même sans dormir. Comme si le mécanisme était foutu. Je sens mes nerfs s'aiguiser un à un, jusqu'à devenir des fils d'acier acérés. Je les sens capables de me trancher le cœur et me déchirer les poumons. Je me relève et jette un œil à la fenêtre. J'ai l'impression que ma tête va exploser. Il y a quelqu'un, là, j'en suis sûr, tapi dans l'ombre, planqué derrière un poteau, en face de la maison des voisins. Je monte direct dans la chambre des parents. Mon père se réveille en sursaut.

— Qu'est-ce qu'il y a, Antoine ?
— Dehors, je balbutie, devant la maison des voisins, il y a quelqu'un. J'ai vu quelqu'un.
— Qu'est-ce que tu racontes ?
— Je te dis qu'il y a quelqu'un. Dehors. Derrière le poteau. Et ce coup-ci je pense pas que ce soit Jeff.

Mon père ne comprend rien à ce que je raconte. Il ne sait rien de ces nuits que Jeff a passées à se planquer en espérant apercevoir Léa, maman ou moi, à capturer des petits instants de vie banale, notre vie, celle dont il était exclu depuis des mois, comme un pestiféré. Mon père finit par se lever, enfile un jean par-dessus son caleçon. Je descends derrière lui. Une fois dans le salon il me dit de rester là. Je le vois se diriger vers le jardin. Se saisir d'une bûche parmi celles qu'il entrepose pour l'hiver, en vue de feux de cheminée qu'il n'allumera jamais, pour cause de flemme carabinée.

Puis il passe devant moi et ouvre la porte qui donne sur la rue. Y fait quelques pas. Se met à gueuler :

— Hé ! Hé ! Y a quelqu'un ?

Par la fenêtre du salon je le regarde s'avancer à pas lents vers le poteau. Puis s'immobiliser. Et éclater de rire. Faire demi-tour et rentrer à la maison plié en quatre. Il n'y avait personne, bien sûr. Juste une poubelle avec dessus deux sacs empilés. Rien de plus.

C'est la dernière fois que je t'écris. Même si tu n'existes pas. Même si j'ai remis les compteurs à zéro. C'est la dernière fois que je reviens en arrière. Pas pour toi. Pour moi. Parce que avant de tout refermer, de refermer le cercueil sur toi, et sur tout ce qui s'est passé, d'effacer la moindre trace, j'avais besoin de comprendre. Je voulais tout oublier et je n'y arrivais pas. Quelque chose m'en empêchait. Comme si tu refusais de te laisser enterrer. Que tu bougeais encore. J'avais besoin de comprendre. Et j'ai compris. Malgré ton silence, ta lâcheté, j'ai compris. Pourquoi tu n'avais rien dit à l'époque, pourquoi tu ne t'étais pas manifestée. Pourquoi tu n'avais pas eu le courage de me faire un signe à mon retour, même pour me dire : « Oublie-moi, raye-moi d'un trait. » Même pour me remercier de ne pas avoir donné ton nom à la police. D'avoir refusé de le faire. Personne ne saura jamais qui était cette fille que je devais rejoindre ce jour-là. Cette fille pour qui j'ai quitté le concert. Pour qui j'ai fait du stop entre Saint-Malo et Rennes. Pour qui j'avais prévu de dormir quelque part, n'importe où, dans la gare, sur un banc, dans un parc. Ou de ne pas dormir du tout. De passer la nuit à errer dans les rues avant de prendre le premier train pour Paris. Tout ça parce que ma mère refusait de me laisser te rejoindre. De me laisser aller seule à Paris pour loger chez des personnes qu'elle ne connaissait pas. Parce qu'elle craignait qu'il m'arrive quelque chose là-bas. Et c'est ici, en Bretagne, qu'il m'est « arrivé quelque chose ».

Pourquoi n'ai-je pas donné ton nom ? Pourquoi même n'ai-je rien dit de tout ça ? Peut-être pour me préserver. Mais aussi, et surtout, pour te préserver TOI. *De quoi au juste ? Moi-même je l'ignorais quand je l'ai fait. Enfin, je ne savais pas que je le savais. Je t'ai préservée de la honte. De ce que tu redoutais le plus. Que tes parents sachent. Pas que tu avais prévu d'accueillir quelqu'un chez toi pendant leur absence, alors que tu en avais l'interdiction. Pas de m'accueillir moi, en version fugueuse, alors que mes parents seraient morts d'inquiétude. Pas parce qu'on faisait une connerie. Mais parce que j'étais moi. Pas juste une fille. Pas juste une copine. Mais celle dont tes mains et ta bouche parcouraient la peau. Celle à qui tu disais : « Je t'aime. » Une fille. Et je comprends. Là encore je comprends. Tu te souviens, tu détestais quand je disais ça. « Tu comprends tout, toi, hein ? » tu me disais avec un drôle de rictus. Je ne sais pas ce qui te gênait tant là-dedans d'ailleurs. Mais passons. Alors oui, je comprends. Tes parents. Leurs pancartes de merde à la Manif pour tous. Leurs commentaires devant la télé quand l'homosexualité était abordée. LGBT. Le diable une perversité une abomination. Ça les dégoûtait tellement, hein ? Plus que ça même. Ça les faisait vomir, les révoltait, les indignait. Ils refusaient* que ça puisse exister. Ils faisaient leur putain de signe de croix en entendant ça. Ils auraient voulu que quelqu'un bute Taubira. Qu'on extermine tous les gays, les lesbiennes, les bi, les trans. Ils priaient pour ça à l'église. De bons petits cathos fachos réacs comme on les aime. Alors leur fille. Leur fille chérie. La prunelle de leurs yeux. La prunelle des couilles de son père. Tellement refoulé celui-là. Et ta mère tellement raide avec son balai dans le cul. J'espère qu'elle aime ça, au moins, se prendre un balai dans le cul, en douce. Je sais ce que tu vas me dire. Ou ne pas me dire, en l'occurrence, mais penser, derrière ton écran, en lisant ce dernier mail. Que je ne les connais pas. C'est vrai. Mais tu m'as tellement parlé d'eux. Tu m'as tellement dit combien tu les haïssais, avec leurs œillères, leurs principes archaïques, leur mesquinerie, leur racisme, leur homophobie, leur bigoterie de mes deux.

Oui, j'ai compris. Que tu avais cédé. Plié. Que tu étais rentrée dans le rang sans que personne te le demande. Sans même essayer de résister. J'ai compris ça mais je l'ai pas compris toute seule, tu sais. J'ai bien reçu le message. J'ai bien vu sur ton compte Instagram cette photo. Toi avec Léo. Vos bouches collées. Une grosse pelle bien baveuse. Et puis cette autre, où il passe son bras autour de ton cou, te tient par l'épaule, et toi, sûrement, tu as la main dans la poche arrière de son pantalon. Collée à son cul. C'est bon. Message reçu. Tout va bien. L'honneur est sauf. Tu aimes les garçons. Tu es « normale ». Tes parents ne vont pas te foutre dehors, te déshériter, t'excommunier, t'envoyer au bûcher.

Voilà. Je n'ai rien à ajouter. Tu as juste été lâche. Tu l'es toujours. Vis-à-vis de moi. Et vis-à-vis de *toi-même. Je te souhaite une belle vie. Avec ton mec. Tes enfants. Votre joli pavillon en banlieue ouest. Vos deux bagnoles. Vos réunions de parents d'élèves dans des écoles privées. Vos gigots du dimanche chez tes parents après la messe.*

Adieu, cette fois. Oublie-moi comme je t'oublie. Mais au final je crois que ce sera plus difficile pour toi que pour moi. Parce que m'oublier, c'est t'oublier toi-même. Et vivre dans le mensonge, se nier. Personne ne peut être heureux comme ça.

Je te laisse. Chloé m'attend.

Léa

Le lendemain matin, quand je descends au salon, mon père est au téléphone. Il a enclenché la fonction haut-parleur pour que ma mère puisse entendre. Au bout du fil un type à la voix policière (je me demande pourquoi les flics parlent tous de la même manière, avec ce vocabulaire débordant d'adverbes et cet accent du Sud qu'on croirait de fonction, même en Bretagne) annonce à mes parents qu'on a identifié le suspect grâce au portrait-robot. Depuis sa parution des dizaines de signalements ont été recueillis au commissariat, dont certains se sont révélés sérieux. La traque est lancée. Par ailleurs des perquisitions sont en cours au domicile de deux lycéens à l'origine de la mise en circulation des vidéos dans les différents établissements scolaires de la région, mais il ne faut pas se faire d'illusion, le Web est un univers impossible à maîtriser et on ne pourra jamais s'assurer que ces saloperies n'y réapparaissent pas dans les prochains jours. Mon père raccroche.

— Ils vont le choper. Ils vont le choper, vous allez voir.

Ma mère hoche la tête mais elle semble ailleurs, surveille son iPhone : ce sont surtout des nouvelles de Léa qu'elle attend. S'est-elle réveillée ? Comment va-t-elle ? Quand pourrons-nous la voir ? Elle prend soudain conscience de ma présence et lève les yeux vers moi, m'interroge du regard puis se ravise. Comme si elle avait un court instant oublié ce qu'elle m'a dit la veille : le lycée c'est fini pour moi.

On toque à la porte. C'est Jeff. Il s'est rasé, sort de chez le coiffeur. Il se marre : À part lui, il n'y avait que des vieilles aux cheveux bleus. Ses vêtements sont si nets qu'on les croirait neufs. D'ailleurs ils le sont. Il est passé dans la seule boutique de vêtements du village, un truc qui tient on ne sait comment, personne n'y met jamais les pieds même en été. Jeff me fait la bise puis s'assoit à la table du salon. Ma mère lui sert un café. Après les effusions de la veille une tension bizarre règne entre eux. On n'efface pas des mois entiers d'un coup de crayon. Au milieu de tout ça mon père tente de faire comme si de rien n'était, demande des nouvelles de ses parents à mon oncle, lui pose des questions sur sa vie. Cherche-t-il du boulot ? Un appartement ? A-t-il une copine en ce moment ? Jeff reste évasif. Comme toujours quand il est nerveux il se passe sans cesse la main sur le visage, gratte l'intérieur de son avant-bras gauche, et sa jambe droite tremble tandis que son pied bat la mesure. On dirait le lapin dans *Bambi*. En version junkie. Il se lève brusquement et déclare qu'il a besoin d'une clope. Je le suis jusqu'au jardin. Il s'installe dans un transat. Allume sa cigarette et me désigne le paquet.

— T'en veux une ?

— Non merci, je fume pas.

— Ah oui, il fait, c'est vrai. Ton asthme. Ça va en ce moment ?

— Ça fait longtemps que j'ai pas fait de crise. Depuis qu'on est arrivés ici en fait. Ça doit être l'air de la mer. Mais je prends quand même des médocs tous les jours.

Il ferme les yeux en tirant sa première bouffée. À l'intérieur j'entends sonner le téléphone de ma mère, puis sa voix s'élever par moments, entre deux plages d'écoute silencieuse. C'est sûrement l'hôpital. Je jette un œil par la fenêtre de la cuisine et je vois un sourire se dessiner sur sa bouche. Quand je reviens à Jeff il ronfle, sa cigarette en train de se consumer toujours suspendue aux lèvres. Un bout de cendre en tombe et noircit sa chemise. Il sursaute à cause de la brûlure.

— Merde, putain merde ! il gueule.

Mais c'est trop tard, un petit trou noir bien visible s'est déjà formé sur son bel habit neuf.

— T'as l'air crevé, je lui dis. T'as pas dormi cette nuit ?

— Pas trop, non. Je suis allé boire un verre à Dinard.

— Un seul ?

— Oui, bon. Des verres.

— Tu es venu ?

— Quoi ?

— Cette nuit ? T'es venu rôder par ici ?

— Ah non, pas cette nuit. Pourquoi ?

— Je sais pas, j'ai cru voir quelqu'un. J'ai réveillé papa. Il est sorti avec une bûche. Il dit que j'ai confondu avec un tas de sacs-poubelle.

Jeff explose de rire. Il imagine la scène. Mon père réveillé en pleine nuit avec sa bûche à la main, s'aventurant dans la rue pour démonter la gueule à un amas d'ordures empaquetées. Je n'arrive pas à trouver ça drôle. Je ne parviens pas à m'enlever du crâne que je n'ai pas rêvé. Qu'il y avait vraiment quelqu'un cette nuit, tapi dans l'ombre. Et quand j'essaie de l'imaginer, c'est toujours la même image qui revient : le type à casquette de l'autre soir avec ses lunettes noires sur le nez, qui pourrait comme n'importe quel autre type à casquette et lunettes noires cacher le visage qui s'affiche depuis deux jours en une des journaux, sous forme de portrait-robot ou de photo d'identité, maintenant qu'on l'a identifié.

Ma mère fait irruption dans le jardin. On part pour l'hôpital dans dix minutes. Léa est réveillée. La psy a dit qu'on pouvait la voir.

Chloé est déjà au chevet de ma sœur quand nous entrons dans la chambre. Mes parents paraissent surpris. Je fais les présentations. Je vois bien que mon père regarde bizarrement la main de cette fille dans celle de Léa, la manière dont elles se sourient. Il est tellement à l'ouest, d'aussi loin que je puisse me souvenir. Sa façon d'être là sans jamais l'être vraiment. De rester enfermé à l'intérieur de son cerveau torturé. De toujours trouver un moyen de s'abstraire, vissé à son ordinateur ou à un livre, se réfugiant parfois dans le sommeil, trouvant toujours un prétexte pour sortir de la maison. Une course à faire. Un cigare à fumer. Le besoin d'air. Et même quand il est là avec nous il semble ailleurs. Dans ses pensées. Ou mort de fatigue. Miné par une forme permanente d'épuisement intérieur. J'ai mis longtemps à mettre un nom sur tout ça. C'est Léa qui m'a éclairé, il y a quelques années :

— Papa est dépressif, c'est tout. Dépressif et globalement inapte. Handicapé émotionnel. T'as pas remarqué ? Il n'a pas vraiment d'amis. Ne supporte pas de se retrouver en groupe. Ne répond jamais au téléphone. Même avec nous il a du mal. C'est pas qu'il ne nous aime pas. Juste qu'il sait pas vraiment comment se comporter. Comment nous parler. Quels gestes faire. Si maman n'était pas là pour le tenir à bout de bras…

Je repense à ces mots et soudain ils m'apparaissent injustes. Mon père a tenu le coup dans les circonstances les plus difficiles. Si quelqu'un a tenu la baraque, en définitive c'est plutôt lui. Pour autant, il semble que le goût de Léa pour les filles lui ait échappé autant qu'à moi. Mais c'est comme ça. Toutes les familles se ressemblent, composées d'inconnus regroupés sous un même toit. Que savons-nous vraiment les uns des autres ? Pas grand-chose si l'on gratte sous la surface.

Nous nous joignons à Chloé près du lit. Léa a ce regard vitreux, ces paupières lourdes que lui dessinent toujours les médicaments. Ma mère s'approche d'elle et l'embrasse sur le front, lui caresse les cheveux. Mon père se tient derrière elle, emprunté comme toujours. Se comportant comme si Léa n'était pas sa fille mais une vague connaissance. Quand ma mère s'écarte je me précipite vers ma sœur et la serre dans mes bras. À son oreille je murmure que Jeff est là, dans le couloir. Je la sens soudain se tendre. Bien sûr elle redoute de le revoir. D'être confrontée à ses propres mensonges. Je lui serre le poignet. La fixe droit dans les yeux. Tente de la rassurer à la seule force de mon regard. De lui faire comprendre que Jeff est au courant de tout. Et que tout va bien. Mais ça ne marche pas. Je vois qu'elle est paniquée. Une biche prise dans les phares d'une bagnole sur une autoroute. Ma mère demande s'il peut entrer, si elle est d'accord. Léa reste silencieuse.

— Tu veux peut-être d'abord le voir toute seule quelques minutes, non ? je dis d'une drôle de voix un peu forcée, de celles qu'on utilise quand on veut faire comprendre quelque chose à quelqu'un en présence de tiers.

Elle acquiesce d'un lent hochement de tête. Alors je vais vers la porte et fais signe aux autres de me suivre. Ma mère a l'air désemparée. Elle ne voit pas pourquoi il faut déjà quitter la chambre. Nous n'y avons passé qu'une poignée de minutes. Nous sortons dans le couloir. Jeff se lève immédiatement, comme monté sur ressort, et vient à notre rencontre.

— Tu peux entrer, on vous laisse seuls un moment tous les deux, on va prendre un verre à la cafétéria et on revient dans dix minutes.

Il entre dans la chambre pendant que nous prenons la direction des ascenseurs. Je suis plutôt fier de mon coup mais je n'en mène pas large au fond. Mes parents me regardent d'un air suspicieux. Ils doivent se demander ce qui me prend de diriger les opérations sans les consulter. Chloé nous suit quelques pas derrière, visiblement intimidée. Je suppose qu'elle n'avait pas prévu de se retrouver comme ça en compagnie de mes parents. Drôle d'endroit pour une réunion de famille… Quand l'ascenseur s'ouvre sur le hall d'accueil, mon cœur fait un triple salto dans ma poitrine. Le type à casquette et lunettes de soleil. Il est là. En train de parler à une hôtesse. De lui demander des renseignements ou que sais-je. Il finit par se retourner tandis que nous nous dirigeons vers la cafét. Je crois qu'un instant nos regards se croisent. Mais c'est difficile à dire. Comment savoir avec ces putains de lunettes et cette visière qui obscurcissent la moitié de son visage ? Je le vois sortir de l'hôpital précipitamment.

— Qu'est-ce qui t'arrive ? me demande Chloé. On dirait que t'as vu un fantôme.

— Je sais pas. C'est ce type. Je l'ai croisé hier soir dans ma rue. Je l'ai trouvé bizarre. Et il est là, à nouveau.

— Ben, c'est petit ici, tu sais bien, on croise tout le temps les mêmes personnes, dit-elle en me tirant par la manche.

On reste un bon quart d'heure à boire nos cafés autour d'une table grise constellée de taches anciennes. Un silence gêné remplit l'espace. Mon père regarde Chloé à la dérobée. Quand maman lui demande comment ça se fait qu'elle ne soit pas au lycée, je réponds à sa place :

— Elle n'a pas cours aujourd'hui. C'est à cause du bac blanc.

Je ne sais pas ce qui m'a pris de dire ça. C'est d'autant plus débile que Chloé est en terminale. S'il y avait vraiment bac blanc elle serait en train de le passer. Ma mère ne relève pas. Pourtant c'est son domaine, elle est prof elle-même. Tant mieux. Je ne voudrais pas que l'histoire des vidéos, des rumeurs qui circulent au lycée reviennent sur le tapis. Je préfère que tout ça reste abstrait pour elle. Qu'elle n'en prenne pas vraiment la mesure. Elle morfle déjà assez sans ça. Je détourne la conversation sur la une du journal que mon père vient d'acheter. Ça parle d'une loi que veut faire passer Macron. Et j'obtiens aussitôt l'effet escompté. Les parents se lancent dans un débat passionné quant au bien-fondé des mesures envisagées. Ils commencent même à s'engueuler, comme toujours dès qu'ils parlent politique, alors qu'*a priori* ils font plus ou moins partie du même camp : des gens de gauche avec un petit penchant pour l'écologie. Je bénis Macron, Mélenchon, Wauquiez et consorts, et toutes les conneries qu'ils peuvent dire ou faire, d'avoir cette capacité à les absorber quelles que soient les circonstances. Au bout d'un moment je regarde l'heure et décrète qu'il faut y aller, c'est bon maintenant, Léa et Jeff ont dû bien profiter de leurs retrouvailles privées, et je prie pour que ce soit vrai.

Nous entrons dans la chambre avec mille précautions. Léa est lovée, les yeux clos, dans les bras de son oncle, allongé de tout son long dans le lit médicalisé. Il a pris la peine d'enlever ses chaussures. Comme quoi les gens changent. Quand il venait à l'appartement à Paris, et à la maison ici les premiers temps, ma mère gueulait toujours à cause de sa manie de s'allonger chaussé sur le canapé. En nous voyant apparaître il nous sourit comme il n'a pas dû le faire depuis des mois. Puis pose son doigt en travers de sa bouche pour nous demander de ne pas faire de bruit. Elle dort. Tout va bien.

Nous traversons le village. Longeons la vieille église romane puis les courts de tennis. Débouchons sur la mer retirée au loin. Le sable envahit tout. Se déploie en une succession de bandes dorées et de longs miroirs argentés. C'est peut-être mes parents qui déteignent sur moi mais je ne peux pas m'empêcher de me dire que la vache, c'est classe ici quand même. Passé le Grand Hôtel on vire en direction de la maison. Mon père pile. Des pompiers barrent le passage. Il se gare sur le bas-côté et sort de la voiture. Parle un moment avec les types en uniforme puis nous fait signe de sortir.

— Il y a eu un début d'incendie dans la maison d'à côté. Ils finissent d'intervenir. Pour le moment il faut laisser la voiture ici.

Nous passons devant les pompiers, longeons la maison de nos voisins. Tout sent le cramé. Par la fenêtre défoncée on aperçoit les murs noircis de la cuisine. Les sapeurs rangent leur matériel. Le gros tuyau relié à leur camion gît sur la route comme un serpent à moitié mort. Le déchet d'une mue. Dans ma tête défile à toute vitesse un grand film paranoïaque, format cinémascope. Le type à casquette croisé dans la rue la veille. La façon dont je suis passé devant la maison pour faire mine d'entrer dans celle d'à côté. Et à nouveau lui à l'hôpital. Sa sortie précipitée, après nous avoir vus là-bas. Nous entrons chez nous où tout pue aussi le brûlé. Je sens immédiatement mes poumons se comprimer et ma gorge devenir sèche. Au bout de trois minutes je n'arrive déjà plus à respirer. Je tousse à m'en arracher les bronches. Ma poitrine est fourrée d'éclats de verre qui lacèrent tout sur leur passage. Je prends trois bouffées de Ventoline. Mes parents me disent de sortir faire un tour, loin de la maison, d'aller m'allonger sur la plage, Jeff va m'accompagner. Ils vont trouver une solution. Je ne vois pas vraiment laquelle. Aérer n'aura pas d'effet avant des plombes. D'ailleurs toute la rue sent le brûlé. Ce sera peut-être pire après.

— En dernier ressort tu dormiras dans mon van, fait Jeff en m'emboîtant le pas.

Nous marchons vers la plage. De violentes quintes de toux continuent à me mettre au supplice et je siffle à chaque inspiration. Marcher m'épuise. Jeff passe son bras sous mon aisselle, essaie de me soutenir comme il peut. Ça ne sert à rien mais je le laisse faire. Je crois qu'il est heureux de se rendre utile. Heureux que ma mère m'ait confié à lui. Ça doit signifier quelque chose de fort pour lui. On arrive sur la promenade. Le soleil illumine la mer en douceur, dore les fougères, souligne chaque arbre, chaque buisson, polit le granit. Tout étincelle. Mais pour le coup j'ai pas vraiment le cœur à m'extasier. Je m'écroule sur le sable. Reprends trois bouffées de Ventoline. Ferme un peu les yeux. Tente de retrouver mon calme. Laisse entrer dans mes poumons l'air salin qui les récure à l'iode. L'étau dans ma poitrine se desserre peu à peu. L'oxygène s'infiltre en douceur dans mes bronches et les caresse de l'intérieur, y dépose un baume apaisant.

— Ça va mieux ? me demande Jeff quand j'ouvre les yeux vingt minutes plus tard.
— Ouais. Ça va. Je crois que le gros de la crise est passé.

Il me sourit, rassuré. Puis je le vois fouiller un moment dans ses poches, à la recherche de ses cigarettes.

— Merde, il fait en sortant un paquet écrasé où agonisent deux clopes écrabouillées, infumables.

Je le vois regarder en direction du parking. Il hésite. Je prends une dernière bouffée de Ventoline, pour la route. Puis lui fais signe qu'il peut y aller.

— T'inquiète. Je vais rester ici bien sagement, le temps de retrouver l'usage complet de mes bronches.
— T'es sûr ?
— Sûr.
— Je reviens vite fait, alors.

Il se met à courir dans le sable mou. Se gaufre au bout de trois foulées. Ça semble le faire marrer. Il se relève et marche jusqu'à la promenade d'un pas d'albatros mazouté. Je le regarde se hâter à nouveau, fouler à vive allure l'asphalte béni, jusqu'au parking où est garé son van, et sa précieuse réserve de Lucky. Au-dessus des falaises, le soleil rougit. Il grossit à vue d'œil et menace de disparaître, masqué par la roche dressée contre la mer. Les eaux finissent de se retirer. Quelques nuages se reflètent en reproductions parfaites à la surface des sables transformés en un gigantesque miroir liquide. La plage est tout à fait déserte, seulement peuplée d'oiseaux affairés à en tirer leur nourriture. À marée basse plus aucun surfeur ne s'aventure dans l'eau. Et elle est encore trop froide pour les baigneurs, qui ne s'y risquent qu'en plein soleil, aux premières heures de l'après-midi, quand elle emplit tout à fait la baie et se réchauffe au contact du sol. Le vent est faible. Aucun kitesurfeur, pas plus de planche à voile. Je jette à nouveau un œil à la promenade. Aucun badaud n'y flâne, pas plus que sur le sable lui-même. Un drôle de frisson me parcourt l'échine. On aurait mieux fait d'aller sur l'autre plage. Là-bas au moins il y a toujours du monde. Les serveurs du bar au minimum. Qui, au passage, ont le bon goût de vendre des clopes. Je me redresse pour scruter les alentours. Une silhouette apparaît au bout de la promenade, venant du village, de ce petit écheveau de rues calmes où se dressent notre maison et sa voisine à moitié carbonisée. Je regarde de l'autre côté, vers le parking des surfeurs, mais pas trace de Jeff. De nouveau je jette un coup d'œil en direction du village. La silhouette s'approche. A quitté la promenade pour s'avancer sur le sable. J'ai l'impression qu'elle se dirige vers moi. Le soleil rasant la réduit à une ombre noire, une masse opaque dont je ne parviens pas à discerner les détails hors de ses contours. Mais je crois deviner une casquette.

Je me lève et tente de faire quelques pas. Mes jambes ne me tiennent qu'à peine, réduites à deux tubes caoutchouteux. Mes pieds s'enfoncent dans le sable comme si j'étais chaussé d'enclumes. Je me traîne quand même jusqu'aux gradins, en me retournant régulièrement. Au loin le soleil vient de disparaître derrière la pointe, ne laissant derrière lui que de grands lambeaux rose et rouge lacérant le ciel assombri. Paradoxalement on y voit plus clair. Plus rien n'aveugle. Le monde a quitté sa parure d'or et d'argent, le sable cessé d'être un miroir. La mer elle-même semble éteinte, a viré en un clin d'œil du turquoise phosphorescent au bleu marine. Alors je me retourne et je le vois. Plus aucun doute, c'est lui. Le type à la casquette et aux lunettes de soleil. Vêtu d'un blouson beige sur une chemise à carreaux. Pantalon large. Je tente d'accélérer. Mais mon souffle est trop court. Quelque chose l'obstrue encore. Rétracte mes bronches et fait crisser mes poumons. J'entends distinctement le sifflement qui accompagne chacune de mes respirations. Je continue à marcher en essayant de me raisonner. Ce type est sûrement inoffensif. Et puis ce genre de blouson beige et de chemise à carreaux n'est pas réservé aux psychopathes. Des tas de gens portent ces trucs, et de leur plein gré, aussi difficile que ce soit à concevoir. C'est un habitant du coin, voilà tout. OK, je l'ai croisé trois fois en vingt-quatre heures mais ça arrive avec d'autres : Alain ; le caviste ; le type qui tient le bar de plage ; le proprio de la pizzeria du minigolf et de la boîte de nuit. Bien sûr, sa présence à l'hôpital, c'est déjà plus étrange mais enfin, on peut tout imaginer. C'est peut-être un enquêteur en civil, un type chargé de notre protection, dépêché par les flics même si mes parents ont refusé qu'on leur colle un ange gardien en plus du gars qui se tient en permanence devant la porte de la chambre de Léa.

Je finis par atteindre la promenade. J'étouffe à moitié, je suffoque presque, mais au moins la terre est ferme, mes pas s'allègent un peu. J'essaie d'accélérer encore. Le parking où Jeff est garé, où ce crétin est sans doute en train de fouiller son van de fond en comble à la recherche de ses foutues clopes n'est plus qu'à une grosse centaine de mètres. Dans mon dos le type presse le pas lui aussi. Il grimpe les gradins d'un pas décidé. Putain. Je donnerais tout pour voir apparaître Jeff à cet instant précis. Qu'est-ce qu'il branle, ce con ? Maman a raison, on ne peut jamais compter sur lui. Il m'a abandonné au pire moment, tout ça pour des clopes, comme il avait abandonné Léa pour offrir un verre à une fille et choper son 06. J'essaie de courir maintenant. Immédiatement l'air dans mes poumons se transforme en coulée de boue mêlée de tessons de verre. Plus rien ne passe, n'entre ni ne sort. Je pense que je suis en train d'étouffer, que je vais mourir sur-le-champ. Je sors ma Ventoline de ma poche, en avale cinq bouffées d'affilée. Un léger filet d'air se remet à circuler. Je siffle comme une vieille locomotive à foutre au rebut. Je tente de me remettre en marche mais c'est trop tard. Je sens la présence du type dans mon dos. Il n'est plus qu'à quelques mètres. Je peux entendre sa respiration. Je me retourne au moment même où sa main agrippe mon épaule.

— Où tu vas comme ça ? il demande.

— Nulle part, je balbutie en toussant comme un tuberculeux. Je rentre chez moi.

— Alors t'es dans la mauvaise direction, mon pote…

Nous nous tenons maintenant face à face. Je surveille le bout de la promenade dans l'espoir de voir apparaître Jeff, mais rien. Le temps s'est arrêté. La Terre a dû cesser de tourner. Chaque seconde semble prendre un mois à s'écouler. Soudain il me saisit le bras. Je ne sais pas si c'est parce que je suis faible à cause de ma mauvaise respiration mais sa poigne est une vraie tenaille. Il prend une voix bizarrement douce pour me demander comment va ma sœur. Puis d'un geste lent il ôte ses lunettes de soleil, les range dans la poche de son blouson. Ces yeux trop petits au milieu d'un visage pâle comme un linge. Cette bouche pincée aux lèvres absentes. Cette grosse gueule de con où ne manquent que les lunettes carrées, échappées des années soixante-dix. À part les cheveux crasseux, qui ont bien poussé depuis la dernière photo qu'on a de lui, celle-là même qui s'affiche depuis ce matin dans les journaux, sur les écrans de télévision, tout y est.

— Je l'avais prévenue, tu sais.

Il m'entraîne vers les dunes. Je tente de me débattre. Mais je n'ai pas assez de force pour l'empêcher de me tirer derrière lui comme un poids mort. Arrivé aux premiers oyats il me pousse et je m'écroule sur le sable comme une vieille bouse informe. Ma tête cogne contre le sol un peu mou. Quelque chose de sourd m'envahit le cerveau. J'ai l'impression qu'un liquide poisseux est en train de l'envahir et de le noyer. Et le reste de mon corps est soudain rempli de terre. Paralysé. J'essaie de gueuler mais aucun son ne sort. Juste un cri muet qui m'écorche la gorge et la trachée. Il s'assied sur moi et ses mains se plaquent sur mon cou.

— Je l'avais prévenue, cette salope ! il répète.

Et puis il se met à serrer. Son visage devient rouge.

Il sue à grosses gouttes. Je me débats autant que possible. Je suis comme un putain de poisson hors de l'eau, qui se convulse et se tord à la recherche d'un peu d'air. Mes mains agrippent les siennes, les griffent, puis frappent comme elles peuvent, aux tempes, au visage. Plusieurs fois je sens son nez craquer et il se met à saigner. De grosses coulées de sang m'entrent dans les yeux, la bouche. Un liquide chaud se répand sur mes jambes et je comprends que je suis en train de me pisser dessus. D'effroi et de douleur. Ma vue se trouble. De gros points noirs me trouent les pupilles. Je ne respire plus. Il serre plus fort. L'intérieur de mon corps tout entier veut se faire la malle, s'échine à me faire exploser les os, la peau. Voilà, c'est fini, je me dis. Je vais crever. D'un instant à l'autre, je vais crever. J'ai tellement mal et tellement peur en même temps. Aucun mot, aucune image ne peut décrire ce que je vis dans ces instants qui s'étirent à l'infini. Je ne suis qu'un paquet de détresse et de terreur. À plusieurs reprises je parviens à écarter ses mains de mon cou et à aspirer un peu d'oxygène mais aussitôt il reprend le dessus, me coince avec ses jambes, pèse de tout son poids sur mon torse, presse ses mains sur ma carotide, me comprime la trachée, m'écrase la pomme d'Adam. Ses ongles pénètrent dans la chair de mon cou, de ma nuque, creusent dedans comme s'il voulait tout broyer au passage, tout déchiqueter. Et soudain son poids se multiplie. Il s'agite, se débat, se met à bouger dans tous les sens. Il pèse dix mille tonnes désormais. Je l'entends grogner. Souffler comme un bœuf. Je sens ses doigts se desserrer peu à peu, ses mains comme aspirées vers l'arrière. Puis elles s'agrippent à nouveau. Et puis d'un seul coup il bascule et je me retrouve libre et à moitié mort. Incapable de bouger, je tousse comme un crevard, vomis des litres de bile. Tout mon corps est en feu, écorché, à vif. Un animal dont on a retiré la peau. Mais quand même j'ai conscience que quelque chose s'est produit.

Je réussis à ouvrir les yeux et je vois un homme se battre avec mon agresseur, tenter de le maintenir au sol, lui enfoncer la tête dans le sable, lui tordre le bras dans le dos. J'entends aussi un chien grogner, aboyer comme une hyène. Je bouge la tête et finis par voir l'animal s'acharner sur les mollets de l'autre ordure. Tout est trouble, équivoque. Je ne perçois que des ombres, des silhouettes noires qui s'agitent. Les sons me parviennent étouffés. Des impacts. Des cris. Des râles. Mes yeux se ferment sans que j'y puisse rien. Je réunis toutes mes forces pour les rouvrir et je parviens à voir ce foutu psychopathe se dégager et renverser l'autre homme. Il se retourne. Se relève maintenant. Se tient le bras gauche, visiblement cassé. Tandis que son chien poursuit le fuyard, qui tente de se barrer en boitant, hors d'haleine, mon sauveur rampe vers moi. Et là je reconnais Alain. À bout de force, le visage grimaçant, il me dit qu'il va appeler la police, les secours. Me répète de ne pas m'en faire. Je vais m'en sortir. On va tous s'en sortir. Soudain il lève la tête et regarde au loin en hurlant :

— Arrêtez-le ! Arrêtez-le ! Le laissez pas partir !

C'est à ce moment que je ferme les yeux pour la dernière fois. Tout devient noir. Je sombre dans une nuit totale, d'une profondeur abyssale.

Je me réveille dans un lit d'hôpital. Quand j'ouvre les yeux tout le monde est là. Je les referme immédiatement. Mes paupières sont si lourdes. Un instant je me demande si je suis mort mais je réalise que non : je viens de les voir tous autour de moi dans une chambre en tout point semblable à celle où nous avons laissé Léa la veille ou l'avant-veille, impossible de savoir. Combien de temps suis-je resté endormi ? Tout ce que je sais c'est que la vie après la mort ne ressemble sûrement pas à ça. Qu'elle ne ressemble sûrement à rien d'ailleurs vu qu'à mon avis elle n'existe pas. Après la mort il n'y a rien. On s'éteint, et c'est tout. Écran noir.

Je bouge doucement chacun de mes membres endoloris. Ça me fait un mal de chien. Mon bras droit est relié à une perfusion. Des capteurs enregistrent mes constantes. Je sens quelque chose de bizarre au niveau de ma nuque et de mon cou. J'y porte la main gauche et là je comprends. On m'a collé une minerve. Mais pour l'heure ce n'est pas trop douloureux. Juste une vague et lointaine sensation de brûlure. L'impression d'être rouillé de partout, aussi. Je rouvre enfin les yeux et contemple les visages penchés au-dessus du mien. Mon père et ma mère. Léa et Chloé. Jeff. Alain. Qu'est-ce qu'il fout là, lui ? Ah oui. C'est vrai. La mémoire me revient. C'est lui qui a surpris l'autre enculé en train de m'étrangler alors qu'il faisait sa promenade du soir avec son clébard. Je ne dois ma survie qu'à ce putain de hasard. Et aussi à cette habitude qu'il a de couper par les dunes qui séparent la promenade du quartier où il crèche. Alain. Mon sauveur. Décidément cette foutue ironie du sort me poursuit. Sauf que cette fois elle a joué en ma faveur.

Je tente de prononcer deux, trois mots mais rien ne sort. Ma gorge est en feu, ma trachée en bouillie, mes mâchoires engourdies. Je suis incapable de produire plus qu'un murmure. Un genre de râle éraillé de canard agonisant. Ma mère me dit de ne pas trop faire d'efforts. Les médecins ont prévenu que ma voix mettrait un peu de temps à revenir. Quelques jours peut-être. J'acquiesce en souriant comme je peux. Ma bouche elle-même est anesthésiée. Mes lèvres gonflées comme si on m'y avait fourré du botox. Alors je me contente de les interroger du regard. Que s'est-il passé ? Où est désormais l'autre salaud ? L'a-t-on retrouvé ? A-t-il pris la fuite ? C'est Alain qui me raconte :

— Je promenais mon chien et j'ai entendu des cris. Et je t'ai trouvé là, en train de bourrer de coups de poing un type qui essayait de t'étrangler. J'ai pas réfléchi, je lui ai sauté dessus. J'ai réussi à le faire basculer et je l'ai foutu sur le ventre, la tête dans le sable. J'ai essayé de lui faire une clé de bras pour l'immobiliser. Mais bon, ce type tu vois, il était du genre nerveux, trop puissant pour moi. Et t'as vu comme je suis bâti, pas vraiment taillé pour le combat. C'est la première fois de ma vie que j'en venais aux mains. Faut bien commencer un jour, tu me diras. Bref. L'autre a réussi à me faire valdinguer, il s'est relevé et a pris la fuite. Il y a quand même laissé un morceau de mollet. Parce que je peux te dire que le chien s'est bien régalé pendant tout notre corps-à-corps. Et donc il se dirigeait vers la promenade et c'est là que j'ai vu un type, un surf sous le bras, qui se ramenait tranquille, en sifflotant. Je ne savais pas que c'était ton oncle mais je lui ai gueulé de lui barrer la route, de le retenir pendant que j'appelais les flics. Et là Jeff a agi d'instinct, sans même comprendre à qui il avait affaire. Il a intercepté le type en lui balançant un grand coup de surf dans la gueule. Lui en a asséné un deuxième pour être sûr. L'a assommé à coups de planche. Cinq minutes plus tard les flics et les pompiers débarquaient.

Alain s'arrête là. Voilà, fin de l'histoire. L'homme le plus recherché de France mis hors d'état de nuire par un surf...

— Il était pour toi ce surf, ajoute Jeff. Je l'ai trouvé dans une brocante. Ça faisait des mois que je le rafistolais. Je l'ai customisé. Je comptais te l'offrir. C'est ça que je suis allé chercher dans mon van. J'ai prétexté que j'avais plus de clopes pour te faire la surprise. Putain. J'ai bien choisi mon moment, moi.

Je réunis le peu de forces dont je dispose et parviens à murmurer :

— Et le type ? Il est mort ?

— Non, répond mon père. Mais il est bien amoché. Un bon gros traumatisme crânien. Il est chez les flics à l'heure qu'il est. Ils le cuisinent au sujet de l'autre fille.

— Et ?

— Pour le moment il refuse de parler. On ne sait rien. Pas même si elle est encore en vie.

Je regarde Léa, ses grands yeux que trouble une épaisse pellicule de larmes. Chloé lui serre la main. Mes yeux se referment sans que je m'en rende compte. Et je me rendors sans même sentir que je sombre.

IV

Nouvelles vagues

Chloé,

On vient de raccrocher. J'ai encore le son de ta voix dans mon oreille. Mais je t'écris quand même. Je continue à te parler. Je te parle en permanence. Dans ma tête. Dans mes rêves. Je voudrais pouvoir tout partager avec toi. Tout. Tout ce que je vois. Tout ce que j'entends. Tout ce que je pense. Tout ce que je touche. Le pire comme le meilleur. Je voudrais qu'on soit connectées en permanence. Qu'on partage le même cerveau. Qu'on ne fasse plus qu'une. C'est égoïste je sais. Parce que je suis dans un sale état. Parce qu'on m'a brisée et que je vais être longue à réparer. Ça va prendre des années. Des siècles. Plusieurs vies. Il y a toutes ces choses qui m'aspirent. Me siphonnent. Me vident. Si tu savais comme c'est noir tout au fond, tout en bas. Comme c'est noir et glacé. Comme je m'effraie moi-même, parfois. Ce serait dégueulasse de t'infliger de vivre dans mon cerveau avec moi.

Je t'écris pour te remercier d'exister. D'être qui tu es. Je bénis tes parents rien que pour ça. De t'avoir permis d'exister. De t'offrir à ce monde dégueulasse.

Si tu existes, c'est que tout n'est pas foutu. C'est que la vie vaut le coup. La mienne en tout cas. Je sais c'est des grands mots, mais c'est justement parce qu'ils sont trop grands pour être dits que je te les écris. Tu me tiens en vie. Tu me tiens debout. Tu me fais croire à la lumière. Tu m'arraches aux ténèbres.

Je repense à cet été. Nos pas sur la plage. Ton rire dans le soleil couchant. Nos Corona au goulot. Nos clopes sous les étoiles. J'adore quand tu danses pour moi seule. Sérieux ça me rend folle. Ça m'allume tout à l'intérieur. J'adore quand tu m'embrasses. J'adore quand nos peaux se collent. J'adore dormir avec toi. Faire l'amour avec toi. Je n'en reviens toujours pas que mes parents nous aient laissées dormir ensemble. Je sais qu'ils accepteraient à peu près tout venant de moi, qu'ils sont tétanisés par la peur, mais quand même. Je les aime eux aussi. Ils ont leurs défauts. Surtout ma mère. Souvent je les envoie bouler. Je leur parle mal. Mais je les aime. Eux et mon frère. D'ailleurs t'as vu comment il t'a regardée pendant les vacances ? Toujours aussi raide dingue de toi celui-là. Le pauvre. Il mérite pas ça. Il va falloir lui trouver une copine. Ça urge.

Je vais en rester là. Mais je sais qu'une fois ce mail envoyé je vais continuer à te parler dans ma tête. Parfois je rêve que tu m'entends. Mais je sais que c'est vraiment le cas. J'ai si souvent l'impression que tu me captes en télépathe. En sorcière. Une sorcière canon. Et tout sauf maléfique.

Tu sais que je t'embrasse. Et que je t'aime. Tant pis. Ce sera pas la première fois que je te dis quelque chose que tu as compris depuis longtemps.

Léa

Les vagues sont énormes ici. Trois, quatre fois plus hautes qu'en Bretagne. Il faut voir le niveau des autres surfeurs. À côté je suis vraiment un petit joueur. Et je ne suis pas près de les rattraper. Certains viennent tous les jours. Moi je ne surfe que le week-end. C'est Jeff qui m'emmène. De Bordeaux à la côte on en a pour une bonne heure. Il essaie de s'y mettre lui aussi. Mais je crois que ce qui l'intéresse le plus c'est les surfeuses. Il tente de les brancher à longueur de journée. Se prend râteau sur râteau. Souvent Léa nous accompagne. Parfois les parents. Maman a trouvé une place dans un lycée de Bègles. Elle aurait préféré le centre-ville mais bien sûr tout le monde s'y arrache les postes. C'est déjà un miracle qu'elle ait obtenu cette mutation, si tôt après la précédente, et en ayant fait si tard la demande. Disons que ses supérieurs ont fait preuve de compréhension. Pour l'essentiel ils étaient au courant de toute l'histoire. Comment aurait-il pu en être autrement ? Après l'arrestation du psychopathe, l'affaire a fait la une de tous les journaux. Surtout en Bretagne, bien sûr, mais aussi partout ailleurs. Notre chance pour la suite, c'est que les gens, quand ils ne sont pas directement touchés par ce genre de drame, quand ça se déroule loin de chez eux, ont la mémoire courte. Ici, depuis notre arrivée, personne n'y a fait la moindre allusion. Ni au lycée ni dans le quartier Sainte-Croix, où nous vivons. Mon père, de son côté, a trouvé un job dans le journal municipal. Son boulot consiste principalement à tresser des louanges aux réalisations du maire. Et il s'est remis à écrire. Un roman. Douze ans après le premier. Cette fois il tient le bon bout, il en est sûr. J'ignore de quoi parle son bouquin. Peut-être de Léa. De nous. De l'ordure qui croupit en taule à l'heure qu'il est, en attendant un procès qui l'y laissera pour de bon d'après les avocats.

L'automne est déjà bien avancé mais il fait encore doux. Jeff me fait signe depuis la plage. Il est assis à côté d'une fille aux longs cheveux blonds trempés. Elle sortait à peine de l'eau qu'il lui a tendu une bière. Elle l'a attrapée avec un sourire qui à coup sûr a dû lui fendre le cœur en deux, le faire tomber amoureux fou aussi sec. Je suppose qu'à l'heure qu'il est il est déjà en train de parler de l'emmener en voyage, de lui faire des enfants et de l'épouser. Elle déclinera poliment, au mieux ils échangeront un baiser, il lui laissera son numéro et attendra toute la semaine qu'elle appelle. Ce qui n'arrivera pas, bien sûr. Alors il traînera son cœur brisé dans les rues de Bordeaux. Mon père a fait jouer ses relations à la mairie. Lui a dégoté un job d'animateur dans un centre socioculturel. Jeff met à profit ses années de guitare et sa passion pour la musique en enseignant aux gamins. Il intervient aussi dans des écoles, dans le cadre des activités prévues après les cours, chaque jour à partir de quinze heures trente. Filer la responsabilité de tant d'enfants à un mec que poursuit depuis toujours, et à raison, la réputation d'être tout sauf fiable, ça laisse un peu rêveur, mais au moins il a un boulot, de quoi se payer un petit appart près de la basilique Saint-Michel, à dix minutes à pied de chez nous.

Je repars à l'assaut des vagues et je me fais bien bouger. Trois heures que je suis dans la flotte et je commence à sentir mes jambes et mes bras faiblir. Je m'acharne à vouloir en prendre une dont je puisse être un peu content mais je sais que c'est mort, je suis trop crevé pour ça. Alors je laisse tomber. Sors de l'eau tandis que des rouleaux viennent me frapper en plein dos. À plusieurs reprises ils m'entraînent au fond mais je ne suis plus à ça près. Un tour de plus ou de moins dans la grande lessiveuse... À force j'ai l'impression d'être rempli d'eau salée. Quand j'arrive au sable, que j'ouvre ma combinaison, la fille a disparu et Jeff est tout seul le cul planté dans le sable, son pack de bières à côté de lui, ses écouteurs dans les oreilles. Sa planche n'a pas beaucoup servi aujourd'hui. Quand il me voit il se lève et vient à ma rencontre avec une grande serviette éponge. Il me frictionne la tête alors que je déteste ça. Je proteste un peu pour la forme. Puis il regarde l'heure et me dit qu'il va falloir rentrer si on ne veut pas être en retard pour le concert.

Léa a dit qu'elle viendrait mais on ne sait pas si on doit s'y fier. Ça fait plusieurs fois qu'elle nous fait le coup. Remettre les pieds dans ce genre de rassemblement, évidemment ça remue toutes ces choses avec lesquelles elle n'en finit pas de se débattre. Mais elle ne s'en sort pas si mal au final. Elle a repris les cours en septembre. Ma mère était contre mais elle a insisté.

Le fait que je sois scolarisé dans le même établissement a joué dans la décision finale. Même si là-bas nous faisons comme si nous ne nous connaissions pas. Léa est toujours fourrée avec sa bande de littéraires. De mon côté, j'ai trouvé deux mecs avec qui parler un peu. Disons qu'ils me tolèrent auprès d'eux. C'est déjà ça. Je n'en demande pas tellement plus. Et c'est déjà mieux qu'en Bretagne. Tout est mieux, en définitive. La mer est à une heure mais on vit dans une vraie ville, avec ses cafés, ses terrasses, ses cinés, ses boutiques, ses salles de spectacle. C'est bon pour Léa. Même si elle a plus souvent qu'avant besoin de se retrouver seule, de contempler la mer ou de sa balader en pleine nature. Ça lui correspond mieux. Ce n'est pas Paris mais ça s'en approche. Et ça a le mérite d'être loin de l'endroit où le pire lui est arrivé. Là-bas de toute façon plus rien n'était possible. Ni pour elle, ni pour moi, ni pour les parents.

    Nous avons quitté les lieux deux semaines après l'arrestation de l'autre. Je ne veux même pas le nommer. Même pas dire quoi que ce soit à son sujet. Ce serait lui faire trop d'honneur. Il en a déjà reçu assez à voir sa gueule apparaître dans les journaux et à la télé, à entendre son passé et sa « psychologie » décortiqués par les spécialistes. Savoir que tout ça va ressurgir à un moment ou un autre, à cause du procès, qu'on va devoir s'y exprimer, lui faire face, ça me fout la gerbe à l'avance. J'aurais préféré qu'Alain ou Jeff le tue. Sauf que du coup on n'aurait pas retrouvé la fille. Cette merde sur pattes a mis dix jours à avouer. Dix putains de jours. Je ne sais pas comment la pauvre nana s'en est sortie. Seule dans cette cave, sans rien à manger. Heureusement qu'il y avait ce robinet. Quand on l'a retrouvée, dans cette maison de lotissement, dans un quartier d'habitations mitoyennes où personne n'avait rien remarqué, rien signalé, rien soupçonné, où personne n'avait apparemment aperçu le kidnappeur alors qu'il y était depuis plusieurs semaines, un de ces quartiers dortoirs où l'on vit les uns contre les autres mais où personne ne se parle ni ne fait attention à personne, elle était dans un sale état. Elle était déjà en captivité avant que Léa ne la rejoigne, y est restée plusieurs semaines après sa fuite, et aux dires de ma sœur il l'a toujours moins bien traitée. L'insultant. La frappant parfois pour rien. S'acharnant sur elle de toutes les façons possibles. Mais sur ce point nous ne saurons sans doute jamais ce qu'il en a été. Ce qu'a subi exactement Léa. Jamais elle ne nous en a parlé de front. Et la seule personne à qui elle s'est confiée, la mère de Chloé, est persuadée qu'elle ne s'est délivrée que d'une partie de son calvaire. Que devant elle, devant les flics, Léa a minoré, fait délibérément l'impasse sur les choses les plus dures. Sans doute même a-t-elle occulté certains événements. C'est ainsi. Il nous faut vivre avec ça. Il lui faut vivre avec ça. Tenter de le faire en tout cas. Même si souvent la nuit elle se réveille en hurlant. Même si régulièrement des crises de larmes ou de panique l'assaillent sans qu'elle y puisse rien. Ici elle voit un psy deux fois par semaine. Continue à prendre des traitements qu'on adapte en permanence, à la recherche du meilleur dosage, du meilleur équilibre.

Quand la fille est rentrée chez elle et qu'elle a refusé de parler à Léa, de répondre au moindre de ses mails, au moindre coup de téléphone, qu'elle a fait savoir à mes parents par son avocat qu'elle ne voulait plus avoir le moindre contact avec elle, ma sœur a accusé le coup. D'abord elle n'a pas compris. Puis elle a tenté d'accepter l'évidence. Sa compagne d'infortune avait décidé de tout rayer de sa mémoire, et pour cela il lui fallait aussi nier que Léa ait pu exister, qu'un lien ait pu se tisser entre elles au fil des semaines. Nier qu'il y avait eu quelqu'un avec elle, qu'un témoin subsistait. Nier tout ce qu'elles avaient dû faire ensemble pour survivre. L'avouable et l'inavouable. L'humain et l'inhumain. L'inimaginable. L'impartageable. Puis nous avons dû quitter notre maison, la station balnéaire, la côte de nos sempiternelles vacances, muée en région de l'horreur. Un paradis changé en champ de guerre. Et pour cela Léa a dû laisser Chloé derrière elle. Après ses amies de Paris, après celle qu'elle avait tenté de rejoindre ce jour-là en fuguant, après sa codétenue, ça a été encore un arrachement, un silence qu'on lui imposait, une rupture malgré elle. Mais elle a fini par convenir qu'il n'y avait pas d'autre solution. Qu'il nous fallait nous tirer de cet endroit maudit. Que c'était sa seule chance de se sauver. D'entrevoir les prémices d'une impossible reconstruction, d'une introuvable résilience. Et puis la mère de Chloé s'est montrée compréhensive. Elle a laissé sa fille nous rejoindre à Bordeaux durant trois semaines cet été. Même si elle a raté son bac. Et doit se refarcir une terminale. Depuis la rentrée elle est venue passer un week-end. Et reviendra pour les congés de la Toussaint. Entre-temps elles ne cessent de s'écrire, de s'envoyer des SMS, de communiquer par Skype. Chloé parle de s'inscrire à la fac ici l'an prochain. Il paraît qu'il y a une bonne formation pour les métiers du livre dans le coin. C'est ce qu'elle veut faire et de toute façon, vu qu'il n'y a rien à Rennes dans cette filière, il aurait fallu qu'elle se barre à Nantes ou à Paris pour suivre ses études. Alors Bordeaux, qu'est-ce que ça change ?

Nous quittons la plage et nous dirigeons vers le front de mer, croisons des dizaines de flâneurs, d'enfants occupés à bâtir des châteaux de sable, à faire rouler des ballons, à guider des cerfs-volants qui claquent dans le ciel immaculé. Puis nous longeons des rangées de bars où des types et des filles aux cheveux brûlés par le sel sirotent des caipirinhas, s'envoient des litres de bière blanche ou aromatisée, enchaînent les shots de rhum arrangé dans des flots de musiques mélangées. Vieux rock côte Ouest, reggae, oldies réchappés du grunge. Puis nous prenons deux ou trois rues pour retrouver le van de Jeff. Son copain le lui a vendu pour une bouchée de pain. Il nous arrive d'y passer la nuit. Jeff adore regarder le soleil se lever, bouffer ses croissants sur la plage au petit matin. Après quoi en général il retourne se coucher pendant que je me fous à l'eau. Il n'émerge à nouveau qu'aux alentours de onze heures.

La route défile. Dans le rétroviseur le ciel est rouge et violine, lacéré de grands lambeaux d'un blanc crémeux. Nous roulons vers Bordeaux au son des vieux Bowie que Jeff passe en boucle. Une fois dans la ville le trafic ralentit. Nous longeons le fleuve, puis nous engouffrons dans les rues étroites cernées d'immeubles blonds noircis sur les bords. En bas du nôtre Léa nous attend. On la chope au passage. Cette fois elle vient. À moins qu'elle ne fasse machine arrière au moment d'entrer dans la salle. Mais cela ne se produira pas, je veux le croire. Nous nous garons à quelques rues, marchons tous les trois parmi tous ces gens qui se rendent au même endroit que nous, pour écouter les mêmes mots sur les mêmes mélodies, les mêmes accords. Nous entrons et nous postons dans la fosse. Jeff repart nous chercher des bières. En plaisantant il nous fait jurer d'être bien là à son retour.

— On ne va nulle part, répond Léa.

— Y a intérêt.

Vingt minutes plus tard les lumières s'éteignent. Les premiers riffs de guitare retentissent. Les premières lignes de basse, profondes, nous remontent des pieds jusqu'au fond de la poitrine. Le claquement de la batterie, sa pulsation puissante. Le chanteur n'a pas encore ouvert la bouche que Jeff danse déjà comme un dingue, les yeux rivés à la fille devant lui, une rousse aux yeux verts ultra sensuelle. Un projecteur s'allume et le chanteur des Black Keys apparaît, blouson de cuir et guitare noirs assortis. Je regarde Léa. Elle bat légèrement le rythme de la tête. La chanson décolle et je la vois sourire.

POCKET N°11676

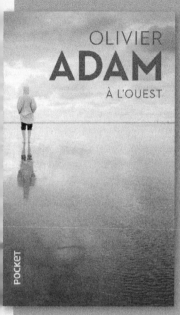

L'histoire de trois êtres prédestinés pour prendre le large...

Olivier ADAM
À L'OUEST

Antoine a presque dix-neuf ans. Fragile, rêveur, il sèche le lycée, erre dans le centre commercial de son quartier, ne fait rien de sa vie.

Camille veille sur son grand frère autant qu'elle le peut, et calme ses angoisses en se réfugiant dans la prière.

Quant à Marie, leur mère, c'est elle, qui, un beau matin, déclenche l'explosion et les conduit à l'ouest, cet état second où rien n'a plus d'importance...

Retrouvez toute l'actualité de Pocket sur :
www.pocket.fr

La photocomposition de cet ouvrage
a été réalisée par
GRAPHIC HAINAUT
59163 Condé-sur-l'Escaut

Imprimé en Espagne par:
BLACK PRINT
en décembre 2019

S29620/01